AF288690

SABINE KLEWE
Kinderspiel

TÖDLICHES SPIEL Fast zeitgleich werden in Düsseldorf zwei Leichen gefunden. Anwaltsgattin Claudia Heinrich beging offensichtlich Selbstmord und Bierbrauer Andreas Schäfer hatte einen tragischen Arbeitsunfall. Nichts deutet darauf hin, dass es zwischen den beiden Vorfällen einen Zusammenhang geben könnte.

Dann aber stirbt noch jemand. Und diesmal ist es eindeutig Mord. Haben die drei Todesfälle womöglich doch etwas miteinander zu tun? Ist es bloß ein Zufall, dass alle drei Opfer erstickt sind oder treibt in Düsseldorf ein wahnsinniger Serienmörder sein Unwesen?

Amateurdetektivin Katrin Sandmann begibt sich wieder auf Spurensuche, und ihre Ermittlungen führen sie zurück in das Jahr 1977 und zu einem grauenvollen Verbrechen, das nie gesühnt wurde ...

Sabine Klewe, Jahrgang 1966, lebt als freie Schriftstellerin in Düsseldorf. Sie studierte in London und an der Heinrich-Heine-Universität in Düsseldorf, wo sie viele Jahre als Lehrbeauftragte tätig war. Im August 2004 erschien mit »Schattenriss« der erste Band ihrer Krimiserie mit der charismatischen Amateurdetektivin Katrin Sandmann.

Bisherige Veröffentlichungen im Gmeiner-Verlag:
Schwanenlied (2013)
Blutsonne (2008)
Wintermärchen (2006)
Schattenriss (2004)

SABINE KLEWE
Kinderspiel
Der zweite Fall für Katrin Sandmann

GMEINER *Original*

Besuchen Sie uns im Internet:
www.gmeiner-verlag.de

© 2005 – Gmeiner-Verlag GmbH
Im Ehnried 5, 88605 Meßkirch
Telefon 0 75 75/20 95-0
info@gmeiner-verlag.de
Alle Rechte vorbehalten
4. Auflage 2013

Lektorat: Claudia Senghaas, Kirchardt
Umschlaggestaltung: U.O.R.G. Lutz Eberle, Stuttgart
unter Verwendung eines Fotos von: photocase.de
Druck: GGP Media GmbH, Pößneck
Printed in Germany
ISBN 978-3-89977-653-9

Für Gerda

1

Im Grunde ist fast jeder gewaltsame Tod ein Erstickungstod. Dem Opfer bleibt im wahrsten Sinne des Wortes
die Luft weg. Das Gehirn und die inneren Organe werden mit Sauerstoff unterversorgt, bis die Körperfunktio-
nen schließlich zusammenbrechen. Wird die Sauerstoff-
zufuhr vollständig unterbrochen, tritt schon nach etwa
zehn Sekunden Bewusstlosigkeit ein, und nach wenigen
Minuten ist das Gehirn irreversibel geschädigt.

Die Möglichkeiten, den Sauerstoffmangel herbeizu-
führen, sind nahezu unbegrenzt; Erwürgen, Erdrosseln,
Erhängen und Ertrinken sind alles letztendlich Variatio-
nen des Erstickens. Auch manche Gifte, wie etwa Curare
oder Zyankali, verschlagen einem schlichtweg den Atem.
Und sogar an einem Lungenschuss erstickt man.

Fast jede zweite Selbsttötung findet durch Sauerstoff-
entzug statt. Allerdings gibt es nur sehr wenige Morde,
bei denen das Opfer erstickt wird. Wenn es um fremde
Menschen geht, werden offensichtlich andere Formen
des Tötens bevorzugt. Ersticken ist also die Todesart
der Selbstmörder. Meistens jedenfalls.

Er wusste alles über das Ersticken, hatte Nachschla-
gewerke der forensischen Medizin gewälzt, Fachzeit-
schriften studiert und sich im Institut für Rechtmedi-
zin in den Hörsaal geschmuggelt, wenn eine Vorlesung

zum Thema Erstickungstod anstand. Er hatte es sogar ausprobiert, an sich selbst, die Zeige- und Mittelfinger auf die Halsschlagadern gepresst, das Schwindelgefühl genossen und die sanfte, süße Euphorie, die der Sauerstoffmangel auslöst.

Was das Ersticken anging, kannte er sich aus wie kein zweiter. Da machte ihm niemand etwas vor.

Ein funkelnder Sternenteppich spannte sich über den Rhein, und der Mond tauchte den Fluss in gespenstisches Licht. Ein einsamer Steinkauz auf Beutejagd stieß einen gellenden Schrei aus. Vom anderen Ufer sah die hell erleuchtete Altstadt wie eine Ansammlung von Spielzeughäuschen aus, die jemand liebevoll aufgebaut hatte. Die Menschen, die dort in den Gassen spazierten oder mit einem Glas Bier vor einer Kneipe standen und tratschten, sahen jedoch weder den Mond, noch hörten sie den Steinkauz. Und auch der junge Mann, der im Gärkeller der Brauerei zugange war, bekam von alledem nichts mit.

Mit sicheren, routinierten Handbewegungen rollte er den Wasserschlauch auf und deponierte ihn auf dem Fußboden. Dann griff er nach der Leiter, hievte sie über den Rand und platzierte sie auf dem Grund des tiefen, silberfarbenen Tanks. Er schnappte sich die Kerze, die vor seinen Füßen stand, und zündete sie an. Vorsichtig beugte er sich ein letztes Mal vor und atmete tief ein. Alles in Ordnung. Die Luft war frisch und sauerstoffhaltig. Das Wasser aus dem Schlauch hatte das Kohlendioxyd aufgewirbelt und der Ventilator in der

Ecke des kleinen Gärkellers hatte es abgesaugt. Er warf einen Blick auf den CO^2-Gas-Detektor an der Wand. Das Gerät zeigte 0,7 Volumen Prozent an. Ein guter Wert. Er konnte einsteigen. Die Kerze in der Hand, schwang er sich behutsam über den Rand und kletterte Stufe für Stufe die Leiter hinunter. Er setzte sie auf dem Grund des Bottichs ab und stieg nochmals hinauf, um den Eimer mit dem Putzzeug und den Schrubber zu holen. Dann stellte er das Putzzeug ebenfalls auf den Boden. Nur den Schrubber behielt er in der Hand. Mit einem kurzen Blick auf das kleine Gerät, das an seinem Gürtel befestigt war, vergewisserte er sich, dass wirklich alles okay war. Hier unten waren 0,9 Volumen Prozent Kohlendioxyd in der Luft. Auch das war noch in Ordnung.

Er richtete sich auf und ließ seinen Blick kreisen. Kritisch musterte er die silberfarbenen Wände des Bottichs. Er seufzte. Die Ränder waren wie immer dunkelbraun verfärbt und dick verkrustet. Die Hefe hatte ihre Spuren hinterlassen. Als er beschlossen hatte, Bierbrauer zu werden, hätte er niemals gedacht, wie viel von dieser Arbeit aus Putzen, Schrubben und Blankwienern bestand. Seinen halben Arbeitstag verbrachte er damit, die Sudpfannen, Lagertanks und Gärbottiche zu reinigen. Trotzdem liebte er seinen Beruf, den Duft nach jungem, würzigem Bier, das verwinkelte, altmodische Brauhaus und seinen Arbeitsplatz mitten in der Düsseldorfer Altstadt zwischen teuren Boutiquen, argentinischen Restaurants, Antiquariaten und unzähligen Kneipen, aus denen bei schönem Wetter die Menschen auf die Straße quollen, so dass man das Gefühl hatte, sich in einem überdimensionalen Ameisenhaufen zu befinden. An solchen Tagen roch die Altstadt, als läge sie am Mittelmeer und nicht am Rhein, nach Knoblauch, frisch gegrillten Speisen und Sonne.

Ein eindringlicher Piepston riss ihn aus seinen Gedanken. Verwirrt blickte er hinunter auf seinen Gürtel. Der Detektor zeigte jetzt 2,3 Volumen Prozent an. Hastig glitt sein Blick zu der Kerze, die auf dem Boden des Bottichs stand. Sie brannte ruhig. Verwirrt klopfte er mit der Fingerspitze auf den kleinen Gas-Detektor. Das Gerät hatte in letzter Zeit ein paar Mal verrückt gespielt. Irgendwas war damit nicht in Ordnung. Er beschloss, das hartnäckige Piepsen zu ignorieren. Mit fester Hand umfasste er den Schrubber und wollte auf den Putzeimer zugehen, als ein plötzlicher Schwindel ihn erstarren ließ. Ihm war schummerig, seine Schläfen pochten und er hörte sein eigenes Blut unnatürlich laut in seinen Ohren rauschen. Wieder wanderte sein Blick zu der Kerze am Boden, diesmal langsam, wie in Zeitlupe, denn jede Bewegung fiel ihm mit einem Mal unendlich schwer. Die Flamme flackerte unruhig, dann erlosch sie. Ein hauchdünner Rauchfaden schlängelte sich am Docht empor. Immer noch ertönte der Piepston in regelmäßigen Abständen an seinem Gürtel.

Das konnte doch gar nicht sein. Er war immer noch irritiert. Er hatte gerade erst alles ausgespült. Und er erinnerte sich genau, dass er den Ventilator angestellt hatte, der das Kohlendioxyd aus dem kleinen, engen Gärkeller absaugte. Oder doch nicht? Er spürte, wie ihm der Schweiß ausbrach und in winzigen Tröpfchen seine Schläfen und seinen Rücken hinunterperlte. Er machte einen unsicheren Schritt auf die Leiter zu, aber seine Beine wollten ihm nicht gehorchen. Panik stieg in ihm auf und rollte durch seinen schwitzenden Körper wie eine heißkalte Flutwelle. Er wusste, dass er nur noch wenige Sekunden hatte, bis die Bewusstlosigkeit einsetzen würde. Übelkeit breitete sich in seinem Magen aus.

Wieder zwang er sich, einen Schritt zu machen, aber seine Beine waren schwer wie Blei. Sein Atem ging schneller. Vor seinen Augen tanzten bunte Lichtpunkte. Er versuchte zu schreien, brachte aber nur ein heiseres Krächzen hervor. Ein dunkelgrauer Nebel legte sich vor sein Blickfeld. Die rettende Leiter verschwand hinter einer undurchdringlichen Wolke. Seine Beine knickten ein. Er japste hektisch und riss den Mund auf wie ein Fisch auf dem Trockenen. In seinem Kopf drehte sich alles. Dann ergriff die Benommenheit von ihm Besitz. Das Gefühl war merkwürdig, sogar angenehm, beinahe wie fliegen, fast schwerelos.

Er versuchte nun nicht mehr, die Leiter zu erreichen. Für den Bruchteil einer Sekunde streifte ein Lächeln seine Züge. Dann wurde es langsam dunkel. Was für ein lächerlicher Tod, war das Letzte, das er dachte. Er spürte nicht mehr, wie er auf dem harten Boden des Gärbottichs aufschlug.

Katrin Sandmann rührte in ihrer Tasse. Sie beobachtete den Mann, der ihr gegenüber am Frühstückstisch saß und temperamentvoll gestikulierend eine Geschichte erzählte, während er gleichzeitig ein üppiges Frühstück in sich hineinschaufelte. Sie fragte sich, wieso er jedes Mal zuerst ein dickes Stück von seinem Brötchen abbiss, bevor er anfing zu reden. Manfred Kabritzky erzählte und kaute gleichzeitig. Seine Augen leuchteten vor Begeisterung und das Marmeladenbrötchen in seinen Händen schwankte gefährlich über der Tischdecke. Katrin musste lächeln. Im Anfang hatte sie seine ungestüme Art verabscheut, hatte ihn für oberflächlich und selbstgefällig gehalten. Aber mittlerweile kannte sie ihn besser. Sie wusste, dass dieses oft ungeschickte, überschäumende Temperament Teil seiner Warmherzigkeit, seiner Menschlichkeit war, und sie sah ihm gern zu, wenn er ganz aufging in einer Geschichte, fast wie ein kleines Kind, das über einer einzigen Sache, die ihm gerade wichtig ist, alles andere vergisst.

Sie hatte eine Weile gebraucht, um das zu begreifen. Sie erinnerte sich noch genau an ihre erste Begegnung auf dem Korridor des Polizeipräsidiums vor gut einem Jahr. Er hatte sie beinahe über den Haufen gerannt, und sie hielt ihn für den ungehobeltesten und arrogantesten Menschen, der ihr je begegnet war. Dann hatte sie ihn sogar des Mordes verdächtigt. Und selbst nachdem sie den wahren Täter gefunden hatte, war sie auf Distanz geblieben, vorsichtig. Misstrauisch. Aber Manfred war ausdauernd und hartnäckig. Er ließ sich nicht so leicht abwimmeln, und mittlerweile war er zu einem festen Bestandteil ihres Lebens geworden, das er bisweilen gehörig aufmischte.

»Hörst du mir überhaupt zu?«

Manfred legte das angebissene Brötchen auf den Teller und verschränkte in spielerischem Zorn die Arme vor der Brust.

»Ich rede wohl wieder zu viel, was?«

Katrin schüttelte den Kopf und lächelte erneut.

»Du weißt, dass ich dir gern zuhöre.«

Er warf ihr einen immer noch misstrauischen Blick zu und wollte gerade wieder nach seinem Brötchen greifen, als sein Handy klingelte. Katrin beobachtete wie seine Gesichtszüge sich verwandelten, während er lauschte. Manfred war Journalist, er arbeitete als Reporter für die Lokalredaktion einer Düsseldorfer Zeitung. Wenn sie seinen Blick richtig deutete, dann hatte er soeben etwas Interessantes erfahren. Vermutlich würde er gleich aufgeregt aufspringen, alles stehen und liegen lassen und ohne viele Erklärungen aus der Wohnung stürmen.

Manfred legte das Telefon weg und trank in hastigen Schlucken seinen Kaffee aus. Dann schob er den Stuhl zurück. Er eilte mit langen Schritten in die Diele und stieg in seine Schuhe. Katrin wartete. Sie wusste, dass sein Mitteilungsbedürfnis größer war als ihre Neugier. Vermutlich handelte es sich sowieso nur eine von diesen unsäglichen Klatschgeschichten, auf die sie gern verzichten konnte. Manfred kam in die Küche zurück. Er hatte sich die alte, abgewetzte Ledertasche über die Schulter gehängt, die er auch schon dabei gehabt hatte, als sie sich das erste Mal begegnet waren. Sie hatte seinem Vater gehört, der auch Journalist gewesen war. Manfred

13

schnappte sich das Handy und stopfte es in die Tasche. Katrin stand auf.

»Und wer räumt das hier weg?« Sie deutete auf den überladenen Frühstückstisch und fixierte ihn herausfordernd.

»Lass stehen. Ich mach das später.«

Er hastete zur Tür. Dann drehte er sich noch einmal um.

»Kennst du eigentlich Claudia Heinrich? Das ist die Frau von diesem Staranwalt, Thomas Heinrich. Hat der nicht beruflich mit deinem Vater zu tun?«

»Klar kenne ich die. Meine Eltern sind mit den Heinrichs befreundet. Schon seit Jahren. Thomas Heinrich hat mit meinem Vater zusammen studiert. Er ist fast so was wie ein Onkel für mich. Als ich ein kleines Mädchen war, hat er mir manchmal abends Gruselgeschichten erzählt. Die waren wahnsinnig spannend.«

Katrin stockte.

»Warum fragst du? Was ist passiert?«

Manfred zuckte die Schultern. »Ich weiß noch nichts Genaues. Aber es sieht so aus, als hätte Claudia Heinrich sich umgebracht.«

Er rauschte davon, knallte die Tür ins Schloss und ließ Katrin allein mit einem Haufen wirrer Erinnerungen an eine dunkelhaarige, schweigsame Frau, die ihr immer ein wenig unheimlich gewesen war, und die sie als Kind in Gedanken manchmal als Hexe bezeichnet hatte, weil sie eine so dunkle Stimme hatte und eine lange, leicht gebogene, unglaublich faszinierende Nase.

2

Hauptkommissar Klaus Halverstett hörte ein Auto mit quietschenden Reifen am Bordstein halten. Er drehte sich um und sah Manfred Kabritzky aus seinem grünen Geländewagen klettern. Der Polizeibeamte war gerade im Begriff gewesen, selbst in sein Auto zu steigen, hielt aber jetzt inne. Er kannte den Journalisten seit Jahren, und er mochte ihn, auch wenn ihm seine penetrante Art bisweilen auf die Nerven ging. Er streckte ihm die Hand entgegen.

»Vor dir ist man wohl nirgends sicher«, scherzte er.

»Morgen, Halverstett.« Manfred schüttelte ihm kräftig die Hand. »Und? Ist es Selbstmord? Gibt es einen Abschiedsbrief? Was sagt ihr Mann?«

Der Kommissar seufzte. »Du Aasgeier. Schämst du dich eigentlich nicht?« Dann nickte er. »Ja, es war wohl Selbstmord. Sie war offensichtlich seit Jahren depressiv. Wir haben keinen Brief gefunden, aber jede Menge Antidepressiva. Ihr Mann hat uns erzählt, dass sie wegen Schlafstörungen und Depressionen in Therapie war. Er ist völlig am Boden zerstört. Er hat sie gefunden. Kein schöner Anblick. Sie war schon seit fünf Tagen tot. Und das bei der Hitze.«

Halverstett starrte in den Himmel, dessen tiefes Blau von keinem einzigen Wölkchen getrübt wurde. Seit einer

15

Woche lähmte eine Hitzewelle das Land. Die Temperaturen kletterten schon am frühen Morgen gefährlich nah an die Dreißig-Grad-Marke, und selbst nachts kühlte es kaum ab. Dabei war bereits der achte September. Der Sommer sollte eigentlich langsam ausklingen, aber das Wetter hielt sich dieses Jahr nicht an den Kalender.

Halverstett fingerte ein Taschentuch aus der Hosentasche und wischte sich den Schweiß von der Stirn. Er war ein eher etwas behäbiger Mensch, nicht allzu schlank und mit einem leichten Bauchansatz. Er geriet schnell ins Schwitzen. Mit einem lautlosen Stöhnen dachte er an den langen Arbeitstag, der vor ihm lag, in seinem schlecht klimatisierten Büro, und sehnte sich nach seinem Garten in Gruiten, weit außerhalb der Großstadt, wo immer ein kühler Wind ging und wo er im Schatten unter einem Baum liegen und lesen konnte.

Er stopfte das Taschentuch zurück in die Tasche. Kabritzky stand neben ihm und musterte nachdenklich die schicke, exklusive Villa, in deren kiesgestreuter Einfahrt ein Leichenwagen parkte. Er beobachtete, wie zwei Männer einen schlichten Zinksarg auf die Ladefläche hievten.

»Wieso hat es fünf Tage gedauert, bis sie gefunden wurde? Wo war denn ihr Mann?«

»Auf einer Lesereise. Er ist Anwalt und hat vor kurzem ein Buch mit seinen spektakulärsten Fällen veröffentlicht. Natürlich alles mit abgeänderten Namen und reißerisch aufgepeppt. Das verkauft sich wohl wie verrückt. Er ist heute Morgen zurückgekommen.«

»Ach klar. Von dem Buch habe ich gehört. Wollte ich

eigentlich auch lesen.« Kabritzky starrte immer noch Richtung Leichenwagen. »Und sonst war niemand hier? Die Heinrichs haben doch sicher Personal?«

»Die Haushälterin hatte eine Woche Urlaub. Sie war bei ihrer Schwester in Köln. Sie ist vorhin überstürzt zurückgekehrt.«

Der Leichenwagen bog aus der Einfahrt und rollte langsam an ihnen vorbei. Manfred Kabritzky sah ihm nach, wie er den Kaiser-Friedrich-Ring entlang fuhr. Die Karosserie blinkte im Sonnenlicht, und dahinter flimmerte der Rhein wie ein schmales, silbernes Band. Die anhaltende Trockenheit hatte ihn auf die Hälfte seiner eigentlichen Breite dezimiert.

»Wie hat sie sich umgebracht?«

»Plastiktüte über dem Kopf.«

Manfred Kabritzky zuckte zusammen. »Etwas ungewöhnlich, oder nicht?« Er zögerte, als Halverstett nicht sofort antwortete. »Ich meine, würde eine Frau wie sie nicht eher eine andere Methode wählen, Tabletten nehmen oder so?«

»Schon möglich«, antwortete der Kommissar bedächtig. Die Sonne knallte auf seinen nur spärlich bewachsenen Schädel, aber der Gedanke an den völlig überhitzten Dienstwagen hielt ihn davon ab, endlich einzusteigen. »So ungewöhnlich aber auch wieder nicht. Es ist ein recht schneller und angenehmer Tod. Kommt häufiger vor, als du vielleicht denkst.«

Kabritzky nickte langsam. Auch ihm standen die Schweißperlen auf der Stirn.

»Eins ist allerdings komisch«, fuhr Halverstett nach-

17

denklich fort. »Die Tüte. Sie gibt uns ein kleines Rätsel auf. Sie stammt von einer holländischen Supermarktkette. Weder Frau Heinrich noch ihr Mann waren jemals in Holland einkaufen, und auch die Haushälterin schwört, dass sie so eine Tüte noch nie gesehen hat.«

Katrin stellte ihr Rad vor dem Antiquariat ab, das schräg gegenüber der Brauerei lag. So früh am Morgen hatte die Altstadt ein völlig anderes Gesicht als abends. Lieferwagen ratterten durch die engen Gassen, Kellner mit müden Augen rückten Tische zurecht und schleppten Bierfässer und Kisten mit frischem Fisch. Sie ließ das Schloss einschnappen und warf einen Blick auf die Uhr. Zwanzig nach neun. Um halb zehn war sie mit Andreas Schäfer verabredet, der sie in der Brauerei herumführen sollte.

Katrin war Fotografin und träumte von einer künstlerischen Karriere. Kürzlich hatte sie einen Bildband über Wales veröffentlicht, auf den sie sehr stolz war. Trotzdem musste sie häufig Aufträge wie diesen annehmen, und Werbeaufnahmen für Prospekte und Broschüren knipsen. In diesem speziellen Fall war es allerdings schon fast wieder eine Ehre, dass man sie als Fotografin ausgewählt hatte. Denn das Brauhaus war eines der berühmtesten in Düsseldorf und weit über die Stadtgrenzen hinaus bekannt.

Katrin ging auf den Seiteneingang zu, der an der Bergerstraße lag. Sie hatte ihre Fotoausrüstung nicht dabei. Heute wollte sie sich erst einmal umsehen und sich einen Eindruck verschaffen, um dann in der nächsten Woche die Aufnahmen zu machen. Sie betrat das Brauhaus.

18

Das Büro befand sich im ersten Stock. Katrin klopfte an und trat ein. Drei ausladende Schreibtische füllten den kleinen Raum fast vollständig aus. Die beiden hinteren waren unbesetzt. Am vorderen saß eine Frau um die dreißig und telefonierte. Sie winkte Katrin herein und bedeutete ihr, an einem kleinen Tischchen in der Ecke Platz zu nehmen. Während die Frau ihr Gespräch führte, blickte Katrin sich neugierig um. Es herrschte ein wirres, sympathisches Stilgemisch. Auf den alten, abgenutzten Schreibtischen standen hochmoderne Computer, und an der Decke hing ein kitschiger, antiquierter Kronleuchter. Die Fenster, die zur Bergerstraße gingen, waren leicht geöffnet, um ein wenig von der morgendlichen Brise hereinzulassen, bevor die Temperaturen wieder unerträglich wurden.

Die Frau beendete das Telefonat.

»Sie müssen Frau Sandmann sein.« Sie stand auf und reichte Katrin die Hand. »Mein Name ist Heubel. Herr Schäfer müsste eigentlich jeden Augenblick kommen. Ich verstehe gar nicht, wo er bleibt. Kann ich Ihnen solange etwas anbieten? Einen Kaffee, ein Wasser?«

Katrin lehnte dankend ab. Frau Heubel begann daraufhin, sich in einen Aktenordner zu vertiefen. Katrin lauschte den Geräuschen aus der Küche, die rechts neben der Treppe lag und wo bereits emsiges Treiben herrschte.

Etwa zehn Minuten später blickte Frau Heubel auf die Uhr.

»Ich verstehe das nicht«, murmelte sie und lächelte Katrin entschuldigend an. »Er hatte gestern bis spät abends zu tun, musste noch den einen Bottich reinigen. Wahrscheinlich hat er ein bisschen verschlafen. Obwohl das eigentlich gar nicht seine Art ist ...«

Sie griff zum Telefonhörer und wählte eine Nummer.

»Sag mal, habt ihr den Andy heute schon gesehen? Der sollte eigentlich um halb zehn die Fotografin rumführen.«

Sie hörte einen Augenblick lang zu. »Na, gut«, sagte sie dann. »Sollte er bei euch auftauchen, schickt ihn bitte zu mir hoch, ja?« Sie legte auf und sah Katrin kurz an. Dann wählte sie erneut eine Nummer.

»Das ist sein Handy. Mal sehen, ob er ran geht«, erklärte sie Katrin, während sie dem Rufzeichen lauschte.

Niemand hob ab. Frau Heubel stand jetzt auf. Sie ging zu einem Aktenschrank und zog einen Ordner hervor. »Hier stehen alle seine Termine drin. Er macht ja öfter Führungen durch die Brauerei. Auch für Reisegruppen und so. Vielleicht habe ich die Zeit falsch eingetragen.« Sie blätterte. Dann schüttelte sie den Kopf. »Nein, Donnerstag, achter September, Frau Sandmann, Führung. Hier steht es. Komisch.« Sie stellte den Ordner zurück.

In diesem Augenblick kam ein Mann zur Tür herein. Er war korpulent und trug sein rötliches Haar ein wenig zu lang, so dass es wirr von allen Seiten des Kopfes abstand. Auf der Nasenspitze ruhte eine Brille, deren dicke Gläser seine Augen unnatürlich vergrößerten. In der rechten Hand schwenkte er ein kleines, silbernes Mobiltelefon.

20

»Ist das nicht Andys?«, fragte er. »Ich hab's vor dem Gärkeller auf dem Boden gefunden. Aber auch nur, weil es gerade geklingelt hat. Es lag ganz versteckt in der Ecke, hinter einem Eimer.«

Frau Heubel nahm das Telefon entgegen. »Also ist er doch schon im Haus. Bestimmt ist er im Gärkeller. Vielleicht ist er gestern mit dem Saubermachen nicht ganz fertig geworden. Könntest du Frau Sandmann vielleicht dort hinführen? Sie hat bei ihm einen Termin für eine Führung. Sie ist die Fotografin.«

»Ah, Tag, Frau Sandmann. Mein Name ist Willich. Wie die Stadt. Gerd Willich. Kommen Sie mit.«

Er marschierte los. Auf dem Treppenabsatz drehte er sich noch einmal um.

»Und halten Sie sich dicht hinter mir, sonst verlaufen Sie sich. Das hier ist bestimmt die verwinkeltste Brauerei der Welt.« Er grinste.

Dann lief er mit langen Schritten weiter und Katrin folgte ihm dicht auf den Fersen durch ein Gewirr von schmalen Gängen und engen Treppen, vorbei an den Schankräumen bis vor eine kleine Tür mit einem Glasfenster.

»Das ist der Gärkeller. Hier wird der Würze die Hefe zugesetzt«, erläuterte Gerd Willich, »aber der Andy kann das alles noch viel besser erklären als ich.«

Er stieß die Tür auf, und sie betraten einen kleinen, engen Raum mit niedriger Decke. Es war schwül, und die Luft war schwer und drückend. Auf der linken Seite befanden sich drei riesige, silberfarbene, in den Boden eingelassene Becken. Die beiden vorderen waren bis zum

Rand gefüllt. Braunbeige gescheckter Schaum schwamm zuoberst, so dass die Bottiche aussahen wie zwei gigantische, übervolle Badewannen. Das hintere Becken schien leer zu sein.

»Hier ist er ja gar nicht«, stellte Gerd Willich erstaunt fest, wandte sich ab und wollte wieder gehen. Katrin folgte ihm nicht sofort, sondern machte ein paar Schritte in den Raum hinein. Sie ging auf den hinteren Bottich zu.

»Dürfte ich mal kurz einen Blick da rein werfen?«, fragte sie. »Ich würde gern sehen, wie tief diese Dinger sind.«

Der Mann lachte. »Diese Dinger heißen Gärbottiche. Gucken Sie nur rein, aber beugen Sie sich nicht zu tief runter, sonst kippen Sie mir nachher um. Da drinnen sammelt sich oft das Kohlendioxyd.«

Katrin ging zum hinteren Bottich und beugte sich neugierig über den Rand. Sie starrte hinunter. Ihr wurde schwindelig. Sie schnappte nach Luft und ihre Hände tasteten hilflos nach Halt.

Doch es war nicht die schlechte Luft, die ihr den Atem verschlug. Es war der Anblick des Mannes, der sich auf dem Grund des Gärbottichs befand. Er lag mit angewinkelten Beinen auf dem Rücken. Seine Finger umkrallten einen Schrubberstiel. Sein Körper war leicht verdreht, so als wäre er einfach zusammengesackt und seine schmalen Lippen in dem starren Gesicht waren bläulich verfärbt. Es gab keinen Zweifel daran, dass er tot war.

22

3

Als Klaus Halverstett den Obduktionssaal betrat, fiel sein Blick als Erstes auf den schlanken, jungen Mann, der mit dem Rücken zu ihm in der Mitte des Raums stand und nervös mit seinem Wagenschlüssel herumspielte. Der Hauptkommissar kannte ihn. Es war Fischer von der Staatsanwaltschaft. Der Mann war ein erfahrener Ermittlungsbeamter und gar nicht mehr so jung, wie er auf den ersten Blick wirkte. Er konnte knallhart sein, wenn die Situation es erforderte. Nur bei den obligatorischen Sektionsterminen wirkte er immer wie ein kleiner Schuljunge vor einer schwierigen Mathearbeit.

Er und Halverstett hatten schon unzähligen Obduktionen gemeinsam beigewohnt. Trotzdem fürchtete der Polizist jedes Mal, der Staatsanwalt würde bereits vor dem ersten Schnitt in Ohnmacht fallen.

Fischer verstaute den Schlüssel in der Hosentasche, drehte sich um und grinste den Kommissar schief an.

»Morgen, Halverstett. Gut gefrühstückt?«

Halverstett grüßte zurück. Fischer sah heute besonders bleich und dürr aus, und Halverstett fragte sich, ob er überhaupt jemals etwas aß. Er beobachtete, wie der Staatsanwalt ein Päckchen Zigaretten aus der Jacketttasche fischte, einen Augenblick lang in den Händen hin und her drehte und wieder verschwinden ließ.

Halverstett durchfuhr plötzlich der Gedanke, dass er eigentlich gar nichts über den Mann wusste. Von den meisten Menschen, mit denen er regelmäßig beruflich zu tun hatte, kannte er wenigstens in etwa die privaten Verhältnisse, konnte sich nach dem Befinden der Frau erkundigen oder nach dem Fortkommen der Kinder in der Schule. Aber von Fischer wusste er überhaupt nichts. Hatte er eine Familie? Lebte er vielleicht noch zu Hause bei seiner Mutter oder womöglich in einer vergammelten Junggesellenbude? Halverstett ertappte sich bei dem Gedanken, dass er Fischer für den Typ Mann hielt, der wohl noch sein Abendessen von Mama vorgesetzt und seine Hemden von ihr gebügelt bekam.

Die Tür öffnete sich und eine Frau betrat mit hastigen Schritten den Obduktionssaal. Sie war groß und schlank, und ihr rotes Haar hatte sie zu einem Pferdeschwanz zusammengebunden, damit es sie bei der Arbeit nicht behinderte. Sie war ausgesprochen attraktiv.

Über Fischers Gesicht lief eine hektische Röte, als sie durch die Tür kam, und plötzlich begriff Halverstett den Grund seiner Nervosität. Er lächelte innerlich, riss sich aber zusammen und reichte der Frau die Hand. Diese ergriff zuerst das Wort.

»Ich glaube, wir kennen uns noch nicht. Maren Lahnstein. Sie sind Hauptkommissar Halverstett?«

Halverstett erwiderte ihren Gruß. Er hatte bereits von ihr gehört: Krankhaft ehrgeizig. Geht über Leichen. Ein ziemlich zynischer Kommentar über eine Gerichtsmedizinerin. Aber vielleicht waren die männ-

24

lichen Kollegen ja auch nur eingeschnappt, weil sie sich nicht gleich von jedem anbaggern ließ, sondern auf Distanz blieb.

Maren Lahnstein drehte sich jetzt zu Fischer um und begrüßte ihn. Halverstett konnte ihr Gesicht nicht sehen, da sie ihm den Rücken zuwandte, aber er registrierte das verlegene Lächeln auf Fischers Lippen. Die Ärztin drückte kurz seine Hand und machte dann einen Schritt auf den Tisch zu, auf dem sich der Leichnam von Claudia Heinrich befand.

Maren Lahnstein arbeitete ruhig und konzentriert. Der dürre, pickelige Sektionsgehilfe hastete hin und her und reichte ihr Skalpell und Gläser, während sie mit routinierten, sicheren Bewegungen ihre Arbeit ausführte. Halverstetts Blick wanderte zwischen ihr und Fischer hin und her, der, sichtlich bemüht, Haltung zu bewahren, ihre Tätigkeit verkrampft und mit verschränkten Armen aus sicherer Distanz verfolgte.

Während die Frau im Obduktionssaal ihrer für sie selbst alltäglichen, doch für Außenstehende hoch befremdlichen Arbeit nachging, sammelte die Septembersonne draußen noch einmal ihre ganze Kraft. Als Halverstett zusammen mit Fischer gegen elf Uhr aus dem Gebäude trat, hatte sich die sengende Hitze erneut in der Stadt breit gemacht wie eine ungeliebte, angeheiratete Großtante, die an der Kaffeetafel die üppigsten Tortenstücke in sich hineinschaufelt und dabei schwitzt und stinkt, so dass allen anderen Familienmitgliedern der Kuchen förmlich im Hals stecken bleibt.

Verdeckt von anderen Gebäuden rauschte auf der Witzelstraße der Verkehr; das Gelände der Universitätskliniken jedoch breitete sich lautlos und träge vor ihnen aus. Ein einzelner Radfahrer im weißen Kittel strampelte den Bürgersteig entlang. Für einen Augenblick blieben die Männer auf dem Treppenabsatz vor dem Institut für Rechtsmedizin stehen. Fischer steckte sich eine Zigarette an.

»Und? Was denken Sie, Halverstett?«

Der Polizist zuckte vage die Achseln. Sekundenlang spielte er mit dem Gedanken, zu fragen, ob Fischer den Fall Claudia Heinrich oder Frau Dr. Lahnstein meine. Dann entschied er, dass das wohl doch ein wenig zu weit gehen würde.

Da Halverstett nicht sogleich etwas erwiderte, beantwortete der Staatsanwalt seine Frage selbst.

»Die Sachlage ist schwierig. Mir wäre ein eindeutiges Obduktionsergebnis lieber gewesen.« Er zog an der Zigarette, bevor er weiter sprach. »Thomas Heinrich ist ein prominenter Anwalt mit viel Einfluss. Ich kenne ihn. Wenn wir den Tod seiner Frau als Selbstmord zu den Akten legen, dann will ich hundert Prozent sicher sein, dass es auch wirklich ein Selbstmord war.«

Mit diesen Worten ließ er Halverstett stehen, marschierte zu einem schwarzen BMW, warf seine Zigarette auf die Straße, stieg ein und fuhr davon. Der Kommissar starrte ihm nach und fragte sich, ob er zu seiner Mutter auch so sprach, wenn sie seine Hemden nicht ordentlich gefaltet hatte. Dann fiel ihm ein, dass er ja gar nicht wusste, ob Fischer wirklich noch zu Hause wohnte. Er nahm sich vor, ihn bei nächster Gelegenheit zu fragen.

Durch die Stille des Abends dröhnte das monotone Zirpen der Grillen. Roberta Wickert schob die Verandatür auf und blickte auf das kleine Thermometer, das an der Außenwand des Hauses hing. Es waren immer noch siebenundzwanzig Grad. Sie schaute nach oben. Ein fahler Lichtstreifen am Horizont war alles, was vom Tag übrig war. Und die Hitze.

Die ersten Sterne tauchten am Himmel auf und die Luft stand vollkommen still. Sie atmete tief durch. Zum ersten Mal seit Jahren spürte sie ein fast unwiderstehliches Verlangen, sich eine Zigarette anzuzünden. Seit ihrer ersten Schwangerschaft rauchte sie nicht mehr, und es war ihr überhaupt nicht schwer gefallen, darauf zu verzichten. Bis heute. Roberta lehnte sich gegen das kühle Glas der Verandatür. Sie fühlte sich ausgelaugt, müde und unendlich schwer. Der Tag war anstrengend gewesen, nervenaufreibend und hektisch. Seit fünf Wochen erst wohnten sie in dem neuen Haus, waren endlich aus der Stadt herausgezogen, so, wie sie es sich immer erträumt hatte.

Aber das Einleben in einer neuen Umgebung mit drei kleinen Kindern war nicht reibungslos verlaufen. Jetzt hatten sie die ersten drei Schulwochen nach den Sommerferien hinter sich gebracht. Ihre Tochter Johanna musste sich an eine neue Klasse gewöhnen, David als Schulanfänger schnupperte erstmals Schulluft und musste lernen, stillzusitzen und zuzuhören, und Tommy war, gerade dreijährig, in den Kindergarten gekommen.

Ihre kleine Tochter hatte sich schnell eingelebt und bereits zwei neue ›beste Freundinnen‹, David war ein wenig über die Stränge geschlagen, temperamentvoll wie er war. Aber seine Klassenlehrerin hatte zuversichtlich verkündet, dass sie davon überzeugt sei, er werde sich sicher bald einfügen. Und Tommy hatte sich jeden Morgen schreiend an ihr Bein geklammert, wenn sie versuchte, den Kindergarten zu verlassen. Also hatte sie sich immer wieder erneut zu ihm gesetzt und ihm ein weiteres Buch vorgelesen. Dabei war sie sich gar nicht so sicher, ob sie ihrem Sohn oder sich selbst damit den größeren Gefallen tat. Auch ihr fiel der Abschied schwer. Nach all den Jahren wieder morgens ganz allein zu Hause zu sein war ein komisches Gefühl, ein wenig einsam und leer, vor allem, wenn das Haus, in dem man sich befand, noch so fremd war, noch nicht ganz das Zuhause, das es einmal werden sollte.Roberta gab sich einen Ruck und trat zurück ins Wohnzimmer. Sie blickte flüchtig auf die Uhr. Schon fast halb neun. Wo Peter nur blieb? Sicher hatte er wieder eine seiner kreativen Phasen, über denen er für gewöhnlich vollkommen die Zeit vergaß. Peter Wickert arbeitete für eine kleine Firma, die sehr erfolgreich Internetseiten für Unternehmen und Privatkunden entwarf. Oft, wenn er gerade eine Idee hatte oder etwas unbedingt fertig stellen wollte, kam er erst spät abends nach Hause.

Roberta zog die Verandatür zu. Sie horchte in die Stille des Hauses. Die Kinder schliefen friedlich. Ihr Blick glitt über die vollen Umzugskartons, die sich an der Wohnzimmerwand stapelten. Einen Moment lang überlegte sie, ob sie die Ruhe nutzen sollte, um noch ein oder zwei Kartons auszupacken. Aber dann wandte sie sich ab. Ihr Rücken schmerzte von der Arbeit und ihr Kopf war bleischwer. Sie würde sich in die Wanne legen und entspannen.

Im Badezimmer häufte sich die schmutzige Wäsche, denn die Kinder tobten jeden Tag im Garten, der noch nicht fertig war und eher wie eine Baustelle aussah. Ein dicker Sandhaufen türmte sich in der hinteren Ecke, und da, wo später Blumenbeete angelegt werden sollten, glänzte die nackte Erde. Für die Kinder war das natürlich ein Paradies. Und entsprechend dreckig waren sie, wenn sie abends hereinkamen.

Roberta schnappte sich den Haufen Wäsche, um ihn in die Küche zu schleppen, wo die Waschmaschine stand. Nach und nach verfrachtete sie die verdreckten Anziehsachen ins Innere des Geräts. Plötzlich stutzte sie. Mit den Händen tastete sie das Kleidungsstück ab, das sie gerade gegriffen hatte. Es war eine Jeans ihres Mannes. Sie befühlte die linke Tasche, in der sich etwas Festes, Halbmondförmiges befand. Sie zog den Gegenstand heraus. Es war die abgeknickte Hälfte eines Bierdeckels. Verwirrt hielt Roberta den Deckel hoch. Sie hatte die Lampe in der Küche nicht angemacht, aber die Straßenlaterne warf ein bleiches Licht durch die Fenster. Auf dem kleinen Stück Pappe stand eine Zahlenfolge, eine Handynummer. Roberta schluckte. Sie ließ die Hose zu Boden gleiten. Mit ihrer linken Hand stützte sie sich auf die Waschmaschine, während die rechte den halben Bierdeckel umklammerte, als wolle sie sich daran festhalten. Sie hatte das Gefühl, als ziehe eine unbekannte Macht den Küchenboden unter ihr weg.

Schleichend, aber unaufhaltsam kroch das Misstrauen durch ihren Körper. Mit einem Mal war alles verdächtig; sein häufig erst spätes Heimkommen, die kurz angebundene Art, mit der er ihr manchmal antwortete, wenn sie sich nach seiner Arbeit erkundigte, die Tage, an denen sie vergeblich versucht hatte, ihn im Büro zu erreichen.

Roberta ließ den restlichen Haufen Wäsche vor der Waschmaschine liegen, stolperte aus der Küche und stieg mit unsicheren Schritten die Treppe hinauf ins Schlafzimmer. Sie nahm kein Bad. Sie putzte nicht einmal die Zähne. Sie deponierte den halben Bierdeckel in ihrer Nachttischschublade und kroch unter die Bettdecke.

Während sie schlaflos in dem dunklen, stillen Zimmer lag, gewann schließlich die Vernunft die Oberhand. Sei nicht so albern, schalt sie sich. Was ist schon Verfängliches an einer Telefonnummer? Sie kann von einem Kollegen sein, einem Geschäftspartner, einem Kunden, von irgendwem. Würde er den Bierdeckel so offen in seiner Hosentasche herumtragen, wenn wirklich etwas Anderes dahinter steckte? Wohl kaum. Bestimmt gab es eine ganz simple Erklärung. Wenn er nach Hause kam, würde sie ihn einfach fragen.

30

4

Rita Schmitt zog gerade ein paar getippte Seiten aus dem Drucker, als Hauptkommissar Halverstett das gemeinsame Büro betrat. Es war Montagvormittag, halb zehn, und die gnadenlose Sonne hatte auch das zweite Septemberwochenende überdauert, so als plane sie, diesen Sommer nie zu beenden.

»Und? Bericht fertig?«, scherzte der Polizeibeamte, als er sah, wie seine Kollegin die Blätter fein säuberlich abheftete. Rita Schmitt warf ihm, halb grinsend, halb verärgert, einen Blick zu.

»Schön wär's«, antwortete sie, »aber ganz so schnell können wir unsere Toten dann doch nicht ruhen lassen. Auch wenn dieser Fall meiner Ansicht nach recht klar ist.« Dann musterte sie ihn neugierig. »Und? Wie war's beim Staatsanwalt?« Halverstett machte eine abwehrende Handbewegung. »Du zuerst.«

Rita Schmitt zuckte mit den Schultern und berichtete, was sie herausgefunden hatte.

»Wenn die vom Arbeitsschutz nicht noch irgendwas ausgraben, dann können wir den Fall recht schnell abschließen, denke ich. Meiner Ansicht nach war der Tod dieses Bierbrauers eindeutig ein Unfall. Mal sehen, was die Staatsanwaltschaft sagt. Ich jedenfalls habe nicht den geringsten Hinweis auf ein Verbrechen gefunden.

Auch die Autopsie hat nichts Gegenteiliges ergeben. Schäfer ist erstickt. Er war allein in der Brauerei. In den Schankräumen herrschte zwar Hochbetrieb, aber die Produktion ruhte und die anderen Brauer waren bereits alle weg. Das kommt häufiger vor, wie man mir erklärte. Hin und wieder muss jemand länger bleiben, um irgendeine Arbeit zu beenden. Selbstmord scheidet meiner Ansicht nach ebenfalls aus. Schäfer lebte allein, er hatte augenscheinlich keine Probleme, Geldsorgen oder Ähnliches. Wäre ja auch eine ziemlich ungewöhnliche Methode. Wir haben rekonstruiert, was geschehen ist: Es gibt in diesem Gärkeller eine Absaugvorrichtung, eine Art Ventilator, der das Kohlendioxyd absaugt, dass sich bildet, wenn die Hefe den Gärungsprozess auslöst. Das Ding sieht aus wie ein Wasserhahn und ist in der hinteren Ecke des Raums an der Wand befestigt. Es funktionierte einwandfrei, und war auch angestellt. Allerdings muss man die Gärbottiche gut ausspülen, bevor man einsteigt. Kohlendioxyd ist schwerer als Sauerstoff. Deswegen sammelt es sich am Boden. Durch das Ausspritzen mit Wasser wird das CO2 hochgewirbelt und kann abgesaugt werden. Schäfer hat den Gärbottich vermutlich nicht gründlich genug ausgespült. Es war spät. Vielleicht war er müde, oder er hatte es aus einem anderen Grund eilig und wollte schnell fertig werden. Tödlicher Leichtsinn.«

»Aber da muss es doch ein Warnsystem geben?«

»Ja, gibt es natürlich. An der Wand hängt ein so genannter CO2-Gas-Detektor. Dieses Gerät schlägt Alarm, wenn die Konzentration in der Atemluft einen gewissen Grenzwert übersteigt. Außerdem tragen die Brauer zusätzlich ein kleines Warngerät am Gürtel. Schäfer hatte sogar noch eine Kerze dabei. Die hätte ihm allerdings nichts genützt. Die Experten sagen, wenn die Kerze ausgeht, dann liegt die CO_2-Konzentration unter Umständen schon bei zehn Prozent. Das ist viel zu hoch, da tritt bei den meisten Menschen schon die Bewusstlosigkeit ein.«

»Und was war mit den Warngeräten? Haben die funktioniert?«

»Theoretisch ja. Wir haben sie beide ausprobiert. Keine Ahnung, warum er das Warnsignal nicht beachtet hat. Vermutlich hat er sich einfach auf die Kerze verlassen, obwohl er eigentlich hätte wissen müssen, dass die überhaupt nicht zuverlässig ist.«

»Was ist denn mit dem Amt für Arbeitsschutz? Haben die was zu bemängeln?«

»Bisher nicht, soviel ich weiß. Obwohl der Gärkeller so altmodisch, klein und eng wirkt, ist er den aktuellen Standards gemäß ausgestattet.«

»Aber als Schäfer gefunden wurde, war der Kohlendioxydgehalt in der Luft normal?«

Rita Schmitt nickte zustimmend. »Leicht erhöht, aber nicht bedenklich. In dem Raum auf jeden Fall. Unten in dem Becken war er immer noch sehr hoch. Fast zwanzig Prozent. Absolut tödlich. Hätte Frau Sandmann sich noch tiefer runtergebeugt, wäre das auch für sie lebensgefährlich gewesen.«

Halverstett murmelte etwas vor sich hin. Rita Schmitt wusste, dass das Thema Katrin Sandmann am Montagmorgen nicht günstig gewählt war. Halverstett konnte die junge Frau gut leiden, aber im Zusammenhang mit seiner beruflichen Tätigkeit wollte er ihren Namen nicht hören. Schon einmal hatte sie sich in seine Ermittlungen eingemischt, den Täter vor ihm entlarvt und das Ganze auch noch beinahe mit ihrem Leben bezahlt.

In gewisser Weise war sie wie dieser Journalist Manfred Kabritzky, der immer überall seine Nase hineinsteckte und der Polizei ins Handwerk pfuschte. Im Gegensatz zu einigen anderen war Halverstett überhaupt nicht erstaunt darüber, dass aus den beiden ein Paar geworden war. Sie passten hervorragend zusammen.

Seine Assistentin wechselte schnell das Thema. »Ich vermute jedenfalls, dass Schäfer diesen Bottich unzureichend ausgespült hat. Die Konzentration war noch zu hoch. Dann ist er hineingestiegen. Als er merkte, dass die Alarmgeräte piepsten, hatte er vielleicht schon nicht mehr die Kraft, wieder raufzusteigen. Diese Pumpe hat zwar im Raum das CO_2 abgesaugt, aber das, was sich auf dem Grund des Bottichs befand, konnte sie natürlich nicht beseitigen.«

»Ein tragischer Unfall also«, brummte Halverstett.

Rita Schmitt nickte und sah ihn dann neugierig an.

»Und was ist nun mit dem angeblichen Selbstmord von Frau Heinrich? Was sagt der Staatsanwalt dazu?«

Sie beobachtete wie ihr Kollege sich gemächlich auf seinem Stuhl niederließ und eine Mappe auf den Schreibtisch legte. Seit drei Jahren arbeitete sie jetzt mit Hauptkommissar Halverstett zusammen, und es war die beste

34

Zeit ihrer Karriere bei der Polizei gewesen. Als man sie ihm zuteilte, hatte sie ein wenig Gamaschen gehabt. Halverstett galt als schwierig, als Einzelgänger, der seine Kollegen ungern in seine Ermittlungen einbezog. Die Gerüchte stimmten. Er arbeitete oft im Alleingang und er teilte ihr nicht immer mit, was er gerade vorhatte. Zeugen besuchte er – entgegen den Vorschriften – am liebsten allein.

Auf der anderen Seite ließ er ihr aber den gleichen Freiraum, den er sich selbst zugestand, und redete ihr nicht dazwischen, wenn sie eine eigene Spur verfolgte. In den letzten drei Jahren hatten sie ihre jeweiligen Marotten kennen und akzeptieren gelernt, und mittlerweile waren sie ein bestens eingespieltes Team.

Halverstett schob die Mappe von sich weg und starrte einen Moment lang nachdenklich vor sich hin. Dann beantwortete er ihre Frage. »Der Staatsanwalt hat bei dieser Sache genau die gleichen Magenschmerzen wie ich. Er hat mir ja schon am Freitag nach der Obduktion zu verstehen gegeben, dass er erst Selbstmord sagt, wenn es auch hundertprozentig einer war. Thomas Heinrich ist bekannt und einflussreich. Promifall. Da will er auf Nummer sicher gehen. Eigentlich ist alles schön rund. Eine seit Jahren depressive Frau ist für ein paar Tage allein zu Hause. Wahrscheinlich überkommt sie in ihrer Einsamkeit ein neuer Depressionsschub. Niemand ist da, um ihr beizustehen. Sie bringt sich um.«

Halverstett machte eine Pause und fixierte die Mappe auf seinem Schreibtisch. Dann blickte er auf und fuhr fort.

»Ihr Mann hat ein Alibi. Er hat vor etwa achtzig Leuten gelesen. Die Haushälterin hat ein Alibi. Sie hat mit ihrer Schwester in Köln vor dem Fernseher gesessen. Außerdem haben beide nicht die Spur eines Motivs. Kein Fremder hätte gewaltsam in das gut gesicherte Haus eindringen können, ohne Spuren zu hinterlassen.«

»Sie könnte ihren Mörder gekannt und selbst herein gelassen haben«, warf Rita Schmitt ein.

»Ja, natürlich. Aber für einen Täter aus dem Bekanntenkreis gibt es ebenso weit und breit kein Motiv. Zumindest, soweit wir bisher ermitteln konnten. Das Einzige, was nicht ins Bild passt, ist das Ergebnis der Autopsie. Da waren ein paar winzige blaue Flecken an ihren Hand- und Fußgelenken, so als hätte sie jemand festgehalten, damit sie sich nicht wehrt. Allerdings könnte eine einzelne Person ihr nicht gleichzeitig Hände und Füße festgehalten und dann noch die Tüte über den Kopf gestülpt haben. Das würde bedeuten, dass wir es mit mindestens zwei Tätern zu tun hätten.«

»Einbruch?«

»Es ist absolut nichts gestohlen worden. Und Spuren gibt's ja auch nicht.«

»Ein Auftragsmord?«

Halverstett schnaubte verärgert.

»Das hätte mir gerade noch gefehlt! Aber das glaube ich nicht. Dafür war es meiner Ansicht nach nicht professionell genug. Ein reicher Anwalt wie Heinrich könnte sich einen Profi leisten, der gar keine Spuren hinterlässt, denke ich.« Er fuhr nachdenklich mit den Fingern über die Schreibtischplatte.

36

»Vermutlich war es doch Selbstmord«, meinte er dann. »Die Blutergüsse könnten irgendeine andere Ursache haben. Es ist ja nicht ganz klar, wann sie sich die zugezogen hat.«

Er hielt einen Augenblick inne. Dann ergänzte er: »Da ist allerdings noch eine Kleinigkeit. Etwas, das ebenso wenig ins Bild passt, obwohl ich noch nicht einmal sagen könnte, was mich daran stört.«

Seine Kollegin sah ihn fragend an. »Ja?«

»Sie war schwanger.«

Rita Schmitt verzog überrascht das Gesicht. Dann fragte sie: »Hast du schon mit ihrem Mann gesprochen? Hat er davon gewusst?«

»Ja, er sagt, er wusste es, und sie hätten sich beide darauf gefreut.«

»Vielleicht war das Kind nicht von ihm?«

»Ich weiß nicht,« brummte Halverstett missmutig, »das sind doch nur wilde Spekulationen. Wir sollten uns an die Fakten halten.«

»Wenn das Kind von einem Geliebten war, dann hätte Heinrich aber ein Tatmotiv. Wir sollten sein Alibi noch mal überprüfen. Außerdem macht diese Schwangerschaft meiner Ansicht nach einen Selbstmord eher unwahrscheinlich. Warum sollte eine Frau sich umbringen, wenn sie gerade erfahren hat, dass sie ein Kind bekommt? Wenn sie es nicht gewollt hat, dann hätte es doch andere Möglichkeiten gegeben.«

»Ja, vielleicht hast du Recht. Wir sollten noch einmal mit ihrem Mann sprechen. Mir wäre allerdings ein Suizid lieber.« Er warf einen Blick aus dem Fenster. »Komplizierte Mordermittlungen bei dreiunddreißig Grad im Schatten sind nicht gerade das, wovon ich träume.«

Katrin fand ihre Mutter im Garten. Sie hatte es sich in einer Sitzgruppe in der hintersten Ecke bequem gemacht, die von großen alten Laubbäumen umgeben war, deren Kronen sie den ganzen Tag vor der Sonne abschirmten. Eva Sandmann saß in einem Liegestuhl und blätterte lustlos in einer Modezeitschrift.

»Oh, Katrin, schön, dass du da bist. Auch einen?« Sie griff nach einem Krug mit Eistee und goss ihrer Tochter ein Glas ein, ohne eine Antwort abzuwarten. Die Eiswürfel klimperten. Katrin ließ sich erschöpft in einen Stuhl fallen.

»Diese Hitze macht mich kaputt«, stöhnte sie.

Eva Sandmann nickte abwesend. »Ja, schrecklich«, murmelte sie und nahm einen Schluck Tee. Katrin trank ebenfalls. Dann stellte sie das Glas ab und sagte:

»Ich habe übrigens einen Toten gefunden.«

Eva sah sie ungläubig an. »Du hast was?«

Katrin erzählte ihrer Mutter von ihrem Erlebnis in der Brauerei. Eva hörte mit gerunzelter Stirn zu. Ein mulmiges Gefühl überkam sie. Nur zu gut erinnerte sie sich an das vergangene Frühjahr, als ihre Tochter sich in die Ermittlungen zu einem Mordfall hatte hineinziehen lassen. Dabei war sie ernsthaft in Gefahr geraten. Etwas an Katrins Stimme, an der Art, wie sie von dem verunglückten Bierbrauer erzählte, ließ Eva aufhorchen. Sie ahnte, dass ihre Tochter am liebsten wieder ein bisschen Detektiv spielen würde, und das war ihr gar nicht recht.

Dann wechselte Katrin das Thema. »Weißt du etwas Neues über Claudia?«, fragte sie.

Eva nickte: »Die Ermittlungen sind so gut wie abgeschlossen, sagt Thomas. Es war wohl Selbstmord. Die Beerdigung ist am Mittwoch. Du kommst doch?«

Katrin ignorierte die letzte Frage ihrer Mutter. »Warum hat sie das getan?«

Eva Sandmann verstellte die Rückenlehne ihres Stuhls, so dass sie kerzengerade saß. »Sie hatte Depressionen. War seit Jahren in Behandlung.« Sie blickte zu Boden.

»Wusstest du das?«, fragte Katrin.

Eva Sandmanns Antwort kam bedächtig. »Wir wussten alle, dass sie Probleme hatte. Aber ich hatte keine Ahnung, dass es ihr so schlecht ging. Wir hatten ja auch in letzter Zeit kaum Kontakt. Früher war das anders. Du weißt ja, dein Vater und Thomas Heinrich haben gemeinsam studiert. In den Jahren nach dem Studium waren sie sehr eng befreundet. Thomas war oft hier bei uns. Erinnerst du dich nicht an seine Gruselgeschichten? Du hast sie geliebt. Aber dann hat Thomas Claudia kennen gelernt und alles wurde anders. Sie hat irgendwie nicht dazu gepasst. Nicht nur, weil sie zehn Jahre jünger war. Sie war anders als wir, irgendwie merkwürdig, still, verschlossen. Schon damals.« Sie seufzte.

»Weißt du, ob es irgendeinen Grund für ihre Depression gab? Oder wird man einfach so depressiv?«

»Ich kenne mich damit nicht so aus, aber jeder wusste, oder ahnte zumindest, was das Problem war. Sie hat sich so sehr eine Familie gewünscht, aber es hat nicht geklappt. Sie muss unheimlich darunter gelitten haben.«

Katrin runzelte die Stirn. »Warum haben sie nicht einfach ein Kind adoptiert?«

Eva Sandmann lächelte. »Das sagt sich so leicht als Außenstehender. Aber für viele Menschen ist das nicht das Gleiche. Vor allem Frauen leiden darunter. Sie fühlen sich unvollständig, fehlerhaft, so als wären sie keine richtige Frau. Es ist schwierig zu verstehen, wenn man nicht selbst betroffen ist.«

Katrin schwieg nachdenklich. Sie hielt sich das Glas kühlend an die Wange. »Aber warum hat sie sich dann gerade jetzt umgebracht?«

»Vielleicht wegen dieser Familie. Die neuen Nachbarn. Thomas und Claudia wohnen doch ziemlich einsam. Ihre einzige unmittelbare Nachbarin war in all den Jahren Frau von Weißendorn. Aber die alte Dame ist in letzter Zeit immer schwächer geworden, und letzten Monat ist sie in ein Heim in Süddeutschland gezogen. Das Haus hat sie verkauft. Die neue Familie hat zwei kleine Kinder. Ganz entzückende blonde Mädchen. Zwillinge. Vielleicht war das der Tropfen, der das Fass zum Überlaufen gebracht hat. Die einen bemühen sich jahrelang vergeblich und die anderen kriegen es gleich im Doppelpack. Das Leben kann sehr ungerecht sein.«

Eva Sandmann verstummte und starrte gedankenverloren auf die vertrocknete Rasenfläche. Katrin schwieg ebenfalls. Sie dachte voller Scham daran, wie oft sie Claudia Heinrich in Gedanken Hexe genannt hatte. Sie hatte sie nie besonders gemocht, fand sie unnahbar, beinahe abstoßend, und hatte ihr ihre Verschlossenheit in ihrer kindlichen Unwissenheit als Gefühlskälte ausgelegt.

40

Dabei war sie all die Jahre vermutlich nur einsam und unendlich traurig gewesen.

»Hat es was mit mir zu tun, dass der Kontakt abgebrochen ist, nachdem Thomas und Claudia geheiratet haben? Ich meine, war es vielleicht, weil ihr ein Kind hattet und sie nicht?«

Eva Sandmann schüttelte den Kopf.

»Das glaube ich nicht. Du warst ja damals schon zehn. Nein, ich denke, sie war einfach ein verschlossener Mensch. Aber ich weiß es natürlich nicht genau.«

Dann fiel Katrin etwas anderes ein. »Ich finde es seltsam, dass sie sich mit einer Plastiktüte umgebracht hat. Ist das nicht ein etwas merkwürdiger Weg sich das Leben zu nehmen? Ich meine, für eine Frau wie Claudia? Ich stelle mir vor, wenn ich in ihrer Situation gewesen wäre, dann hätte ich vermutlich Tabletten geschluckt oder mich in die Badewanne gelegt, tausend Kerzen um mich herum drapiert und mir die Pulsadern aufgeschnitten. Aber ich hätte vermutlich nicht so banal meinen Kopf in eine billige Plastiktüte gesteckt.«

Eva blickte ihre Tochter einen Augenblick lang irritiert an. Sie dachte nach.

»Vielleicht wollte sie einfach nichts mehr sehen, ich meine, vielleicht konnte sie den Anblick glücklicher Menschen nicht mehr ertragen. Wenn man eine Tüte über dem Kopf hat, dann sieht man nichts mehr. Womöglich ist die Art, wie sie sich umgebracht hat, ein letzter Hinweis auf ihr Motiv, möglicherweise wollte sie im wahrsten Sinne des Wortes ihre Augen für immer schließen.«

5

Es war Viertel vor fünf, als Katrin aus der Einfahrt ihres Elternhauses bog und auf die Oberkasseler Brücke zusteuerte. Das Verdeck ihres roten Golf Cabrio war heruntergelassen und der Fahrtwind spielte mit ihrem kastanienbraunen Haar. Das Gespräch mit ihrer Mutter hatte sie sehr nachdenklich gestimmt. Was für eine Last das Leben sein musste, wenn ein Mensch seine gesamte Existenz auf ein einziges Ziel, auf einen einzigen Wunsch reduzierte, der unerfüllt blieb.

Rupert sprang ihr entgegen, als sie die Wohnungstür öffnete. Die kleine Altbauwohnung auf der Karolingerstraße war angenehm kühl. Sie ging in die Küche und kramte eine Futterdose aus dem Schrank. Der Kater strich unruhig um ihre Beine. Sie wusste, dass er nicht nur auf sein Essen wartete. Er vermisste ihre Gesellschaft. Sie hatte die letzten zwei Wochen fast ausschließlich in Manfreds Wohnung verbracht und war nur gelegentlich zum Arbeiten nach Hause gefahren, wo sie sich dann stundenlang in ihrer Dunkelkammer verkroch.

Rupert war zwar wie alle Katzen ein selbstzufriedener Einzelgänger, der seine Tage am liebsten auf der Wohnzimmerfensterbank oder im Balkonblumenkasten verbrachte, von wo aus er stundenlang das Geschehen auf der Straße beobachtete, aber er war dennoch gewohnt, dass Katrin sich meistens in der Wohnung aufhielt. Sie durfte ihn nicht so oft allein lassen.

Katrin setzte sich auf den Küchenboden und beobachtete, wie Rupert sein Schälchen leerte. Sie wusste, dass Manfred sofort mit ihr zusammen ziehen würde, aber dazu war sie noch nicht bereit. Sie liebte ihre Unabhängigkeit und die Ruhe ihrer eigenen vier Wände. In Manfreds Wohnung herrschte Chaos. Er gab nicht viel um äußere Ordnung. Wer zuviel aufräumt, hat nicht genug Zeit zum Leben, sagte er immer. Katrin akzeptierte diese Haltung, und das Durcheinander störte sie nicht, solange es in seiner Wohnung herrschte und nicht in ihrer. Sie selbst hatte es gern, wenn sich alles an seinem Platz befand, und sie fühlte sich nicht wohl, wenn das Bett, in das sie abends stieg, noch von der vergangenen Nacht zerwühlt war.

Wenn Manfred zu ihr zog, war seine Unordnung auch die ihre. Und dazu war sie nicht bereit. Zumindest noch nicht.

Katrin verbrachte den Rest des Nachmittags damit, Fotos am Computer zu bearbeiten. Peter, der Mann ihrer Freundin, hatte ihr diesen Auftrag vermittelt. Es ging um die Internetseite eines ideenreichen Hobbykochs, der exklusive Abendessen für Singles anbot, und an der Einsamkeit fremder Menschen sehr gut verdiente. Seine so genannten ›Romantischen Überraschungsdinner‹, die er in seinem eigenen Luxusapartment veranstaltete, waren äußerst beliebt und erfolgreich. Da er seine Idee über die Stadtgrenzen von Düsseldorf hinaus vermarkten wollte, ließ er sich von Peter Wickerts Firma eine Homepage

43

kreieren. Katrin hatte die dazugehörigen Fotos geschossen. Zu diesem Zweck hatte sie auf einer gestellten Singleparty glückliche Gesichter und innige Blicke knipsen müssen. Jetzt würde sie die Bilder noch ein wenig aufpeppen, damit sie auch wirklich aussahen, als befänden sich alle Teilnehmer bereits im siebten Himmel.

Katrin war zunächst nicht gerade begeistert gewesen, als Peter sie wegen der Sache anrief. Sie verabscheute die Geschäftemacherei mit den Gefühlen anderer Menschen. Aber allmählich begann ihr der Auftrag doch Spaß zu machen; denn obwohl sie eigentlich altmodisch war, das mechanische Klicken ihrer Spiegelreflexkamera liebte, den Geruch nach Entwickler und das Gefühl der Spannung, wenn das Bild langsam vor ihren Augen Konturen annahm, hatte die kreative Herausforderung, die die Arbeit am Computer mit sich brachte, für sie durchaus auch ihren Reiz.

Um kurz nach sieben verließ Katrin erneut das Haus. Sie fuhr Richtung Innenstadt und hielt vor dem Redaktionsgebäude des Morgenkuriers. Manfred war noch nicht da. Während sie wartete, musste sie wieder an das Gespräch mit ihrer Mutter denken. Sie hatte ihr versprechen müssen, zur Beerdigung zu kommen.

»Du kommst doch?«

Katrins Magen hatte sich verkrampft. Sie hasste Beerdigungen.

»Muss ich? Da kommen doch bestimmt unzählig viele Leute...«

»Gerade deshalb«, hatte ihre Mutter sie ungeduldig unterbrochen. »Thomas freut sich, wenn unter den vie-

44

len flüchtigen Bekannten und Geschäftspartnern, die unweigerlich erscheinen werden, wenigstens auch ein paar echte Freunde sind.«

Katrin fuhr mit den Fingern über das Lenkrad und seufzte ergeben. Hoffentlich würde es am Mittwoch wenigstens nicht mehr so heiß sein. Dann wanderten ihre Gedanken zu dem anderen Toten, dem Bierbrauer, dessen Leiche sie am vergangenen Donnerstag gefunden hatte. Sein Anblick hatte sie verwirrt und aufgewühlt.

Vor vielen Jahren, als sie gerade sechzehn war, hatte eine Klassenkameradin sich das Leben genommen, indem sie sich vom Dach der Schule stürzte. Katrin hatte sie auf dem Hof liegen sehen. Es war ein eiskalter Novembermorgen gewesen, und der schmale, leblose Körper hatte ähnlich unnatürlich verdreht auf dem Steinboden gelegen wie der von Andreas Schäfer auf dem Grund des Gärbottichs.

Katrin fing an, mit den Fingerspitzen kleine Muster auf das Armaturenbrett zu zeichnen. Es war ziemlich staubig. Schon merkwürdig, dass sie an einem einzigen Tag mit zwei Todesfällen konfrontiert worden war. Auch wenn beide nicht das Geringste miteinander zu tun hatten. Sie spürte eine merkwürdige Rastlosigkeit in sich aufsteigen, eine unwiderstehliche, drängende Neugier, den Dingen auf den Grund zu gehen. War der Tod dieses Bierbrauers tatsächlich nur ein tragischer Unfall gewesen? Oder hatte jemand nachgeholfen? Und was war mit Claudia? Hatte sie sich wirklich in einem Augenblick tiefster Verzweiflung das Leben genommen? Mit einer Plastiktüte über dem Kopf? Oder steckte vielleicht auch hier etwas ganz anderes dahinter?

Katrin ließ ihren Gedanken freien Lauf. Was, wenn beide Todesfälle irgendwie zusammenhingen? Wenn es zwei Morde waren, begangen vom gleichen Täter? War es nicht ein merkwürdiger Zufall, dass zwei Menschen fast zeitgleich in derselben Stadt erstickten, wenn auch auf sehr unterschiedliche Art und Weise?

Nein, daran war überhaupt nichts merkwürdig, meldete sich jetzt ihr gesunder Menschenverstand zu Wort. Zwar wurden in Düsseldorf nicht besonders viele Morde begangen. Dennoch war es nicht unmöglich, dass gelegentlich auch mal zwei beinahe gleichzeitig geschahen, ohne dass sie deswegen gleich etwas miteinander zu tun haben mussten. Und in diesen beiden Fällen lagen ja aller Wahrscheinlichkeit nach nicht einmal Gewaltverbrechen vor.

In dem Moment riss Manfred die Wagentür auf, und Katrin schalt sich in Gedanken für ihre ausschweifende Phantasie. Sie hatte einmal einen Mord aufgeklärt. Wie wahrscheinlich war es, dass jemand, der nicht beruflich damit zu tun hatte, ein zweites Mal in ein Verbrechen verwickelt wurde?

Manfred schwang sich auf den Beifahrersitz und drückte ihr einen Kuss auf die Wange.

»So, hier bin ich, wir können los.«

Dann runzelte er die Stirn. »Alles klar? Du machst ein Gesicht, als hättest du eine Kröte verschluckt. Bin ich echt so spät dran?«

Katrin lächelte und schüttelte den Kopf.

46

»Für deine Verhältnisse bist du eigentlich fast zu früh«, entgegnete sie frech.

Manfred Kabritzky war nie pünktlich. Egal, ob er ins Theater, ins Kino oder in ein Konzert ging, er erschien grundsätzlich ein paar Minuten nachdem das Programm begonnen hatte. Es war fast, als wolle er damit seine Unabhängigkeit demonstrieren, als wolle er allen zeigen, dass er sich sein Leben nicht von Terminkalendern und Zeitansagen verplanen ließ.

Katrin dagegen war es unangenehm, zu spät zu kommen. Sie empfand es als unhöflich und rücksichtslos und drückte sich jedes Mal beschämt hinter ihn, wenn sie gemeinsam in eine eben begonnene Theatervorstellung platzten.

Sie fuhren die Elisabethstraße entlang und bogen in die Bilker Allee. Als sie bereits auf der Höhe der Martinskirche waren, schlug Manfred sich plötzlich mit der flachen Hand gegen die Stirn.

»Scheiße, meine Tasche«, fluchte er. »Ich hab sie in der Redaktion liegengelassen. Wir müssen zurück.«

Katrin warf einen flüchtigen Blick auf ihre Uhr. Es war bereits zehn vor acht. Es war immer dasselbe. Sie hätte wetten können, dass wieder so etwas passieren würde. Sie lenkte den Wagen an den Straßenrand.

»Es ist bereits zehn vor. Du brauchst die Tasche doch jetzt gar nicht.«

»Doch«, erwiderte er störrisch, »da ist alles drin, Geld, Papiere, Schlüssel.«

Katrin wollte etwas sagen, aber er fügte rasch hinzu: »Ich habe einen Vorschlag. Wir holen die Tasche und lassen das mit dem Kino. Stattdessen gehen wir essen. Du suchst aus und ich bezahle. Ist das ein Angebot?«

Katrin lächelte ihn an. »Von mir aus gern. Der Film war sowieso deine Wahl. Ich bin nicht so scharf auf endlose Prügeleien und ein Feuerwerk von dummen Sprüchen.«

Sie wendete den Wagen. »Ich hoffe, du hast genug Geld in der Tasche«, fügte sie drohend hinzu, »ich habe Hunger.«

Zehn Minuten später hielten sie wieder vor dem Redaktionsgebäude. Der Morgenkurier war eine kleine lokale Zeitung. Das Blatt konzentrierte sich neben den neuesten Nachrichten aus aller Welt vor allem auf die Berichterstattung über Ereignisse in der Region. Manfred sprang aus dem Wagen und marschierte auf das Gebäude zu. Katrin folgte ihm.

»Du brauchst nicht mitkommen, das geht ganz schnell«, rief Manfred über die Schulter, aber Katrin ließ sich nicht abschütteln.

»Sicher ist sicher«, bemerkte sie, während Manfred die Glastür aufstieß. An der Empfangstheke saß ein älterer Mann, der kurz von der Zeitung aufblickte und grüßte: »Na Manni, mal wieder was vergessen?«

Manfred schnaubte nur und sprang zwei Stufen auf einmal nehmend die Treppe zum ersten Stock hinauf. Katrin folgte ihm grinsend. Er hasste es, wenn man ihn Manni nannte.

Sie betraten einen Korridor, von dem eine Anzahl Türen abgingen. Alles schien leer und verlassen.

»Arbeitet hier niemand mehr?«, fragte Katrin erstaunt.

48

»Ich dachte immer, die Arbeit an einer Zeitung läuft die ganze Nacht?«

»Das stimmt nicht. In der Nacht arbeiten nur noch die Druckerei und die Auslieferung. Abends um sieben ist bei uns Redaktionsschluss. Bei den großen Zeitungen machen sie schon mal ein bisschen länger, vielleicht bis acht oder halb neun. Danach ist nur noch der da, der gerade Bereitschaft hat.«

»Bereitschaft. Klingt als wärt ihr die Polizei.«

»Na, ja, stellt dir vor, um neun Uhr passiert noch irgendwas total Wichtiges, der amerikanische Präsident wird erschossen -«

Katrin musterte Manfred mit ironischem Blick von der Seite.

»- oder die berühmte und erfolgreiche Fotografin Katrin Sandmann wird auf offener Straße entführt«, fuhr er ungerührt fort. »Dann soll das natürlich auch am nächsten Morgen in der Zeitung stehen. Dafür bleibt dann einer hier und schiebt Wache. Heute ist übrigens der Boss dran.« Er deutete mit dem Daumen nach oben, um anzuzeigen, dass der Chefredakteur der Hierarchie entsprechend eine Etage über den anderen Mitarbeitern residierte. Sie bogen um eine Ecke. Aus einem der Büros drang Licht in den dämmrigen Flur. Manfred stockte und runzelte die Stirn. »Dass ich das noch erleben darf«, scherzte er. Dann drehte er sich zu Katrin um und erklärte: »Das ist Hansis Büro. Er ist Sportredakteur. Treibt sich nur auf Sportplätzen rum und seine Artikel schickt er meist per Mail. Um die Zeit habe ich ihn freiwillig in all den Jahren, die ich jetzt hier bin, noch nie in der Redaktion gesehen. Es geschehen doch immer noch Wunder.« Er stieß die Tür auf. »Na Hansi, was treibst du denn noch hier?«

Der Mann am Schreibtisch hatte kurz geschorenes, hellblondes Haar und trug ein verwaschenes, kariertes Hemd. Seine Jeans wirkte alt und zerschlissen. Er blickte Manfred verwirrt an. Offenbar war er so vertieft in seine Arbeit gewesen, dass er ihn und Katrin nicht hatte näher kommen hören. Er murmelte einen kurzen Gruß. Katrin bemerkte, wie er mit einer hastigen, verstohlenen Handbewegung eine Zeitung über die Papiere zog, die auf seinem Schreibtisch lagen.

»Ich hatte noch was zu erledigen. Wir machen doch diese Serie über berühmte Sportler aus Düsseldorf. Ich hab da noch ein paar Infos im Internet gesucht. Und außerdem hab ich mir mein Abendbrot hierher bringen lassen. Er deutete auf eine Pizza, die unangetastet auf dem Schreibtisch lag. Die Tomatensoße wirkte eingetrocknet und der Käse hatte sich dunkel verfärbt.

Manfred wandte sich ab. »Dann wollen wir dich nicht weiter stören«, meinte er und ging den Korridor entlang zu seinem eigenen Büro. Er knipste das Licht an und warf einen suchenden Blick durch den Raum. Seine Tasche lag in der Ecke auf dem Boden. Katrin folgte ihm zögernd. Manfred bemerkte ihren Gesichtsausdruck und fragte: »Stimmt was nicht?«

»Er lügt«, erwiderte sie schlicht.

Manfred machte ein Geräusch, das Verständnislosigkeit ausdrückte. Er musterte sie amüsiert. Katrin ließ sich nicht beirren. »Hast du nicht bemerkt, wie er schnell die

50

Zeitung runtergezogen hat, als wir ins Zimmer kamen? Außerdem war die Pizza eiskalt.«

»Und? Dafür kann es Tausende von Erklärungen geben. Vielleicht hatte er den Playboy auf dem Schreibtisch liegen und als er dich sah, war's ihm peinlich.« Katrin verzog das Gesicht. »Er hat doch behauptet, dass er gerade was im Internet recherchiert hat.«

»Ja?«

»Der Computer war gar nicht eingeschaltet.«

»Und? Was geht uns das an? Hansi ist ein netter, lieber Kollege, und was immer er da treibt ist bestimmt ganz harmlos. Wenn du dir einbildest, dass du einem Geheimnis auf der Spur bist, dann irrst du dich. Hansi ist ein gesetzestreuer Mensch, und seine einzige Verfehlung besteht darin, dass er eher einen Fußball als eine Frau heiraten würde.« Er grinste Katrin an. »Sofern man das als Verfehlung bezeichnen kann. Vielleicht liegt ja darin seine unendliche Weisheit.«

Katrin griff nach einem zerknüllten Blatt Papier, das auf dem Schreibtisch lag, und warf es Manfred schwungvoll gegen den Schädel.

»Wenn du das für so weise hältst, warum machst du es ihm nicht nach?« Sie fixierte ihn herausfordernd.

Manfred drehte sich um, legte die Arme um ihre Hüften und musterte sie schmunzelnd. »Aber das tu ich doch. Du bist das nächste an einem Fußball, was ich kriegen konnte.«

Er machte eine ruckartige Bewegung zur Seite und wich so gerade noch dem zweiten Gegenstand aus, der auf seinen Kopf zugeflogen kam. Diesmal war es eine

Apfelkitsche. Dann schwang er sich hastig die Ledertasche über die Schulter und stürmte aus dem Raum. Katrin lief lachend hinterher.

Als sie an Hansis Büro vorbeikamen, war dieser gerade dabei, einen Stapel Papiere in eine knallgelbe Plastiktüte zu stopfen. Die unangerührte Pizza steckte im Mülleimer. Bei welcher Tätigkeit auch immer sie den Mann unterbrochen hatten, er hatte offensichtlich nicht vor, sich hier und heute weiter damit zu beschäftigen.

6

Peter Wickert stellte seinen Wagen im Parkhaus unter der Kunstsammlung ab. Zögernd schlenderte er die Neubrückstraße entlang und bog dann links in die Ratinger Straße. In dieser Ecke der Altstadt kannte er sich nicht gut aus. Eigentlich kannte er sich in der ganzen Altstadt nicht gut aus. Es war nicht seine Idee gewesen, sich hier zu treffen.

»Was, du weißt nicht, wo das Bobby ist?! Seit wann wohnst du eigentlich in Düsseldorf?«

»Genau genommen wohne ich in Neuss«, hatte seine etwas lahme Entschuldigung gelautet. Wobei er verschwieg, dass er erst vor einigen Wochen dorthin gezogen war.

Peter Wickert blickte sich suchend um. Auf der rechten Straßenseite tauchte jetzt eine Kirche auf, dahinter an der Ecke war eine kleine Kneipe. Kreuzherreneck. Spitzname Bobby. Das war sie. Die Scheiben waren aus Milchglas und sahen aus, als läge ein weißer Nebel darauf. Beim Näherkommen sah Peter Wickert, dass in den Nebel Wörter gemalt waren, Wodka, Gin, Magenbitter. Frankreich, Italien, Brasilien. Ein einziges Fenster an der Ursulinengasse erlaubte einen Blick hinein. Er spähte kurz durch die Scheibe. Dann holte er tief Luft, stemmte die Tür auf und verschwand im Inneren.

Kaum hatte Peter Wickert die Gaststätte betreten, da schälte sich eine Gestalt aus dem Halbdunkel eines Hauseingangs ganz in der Nähe. Die Person huschte über die Straße und starrte in den Schankraum, so wie Wickert es wenige Augenblicke zuvor getan hatte. Die Gestalt verharrte längere Zeit reglos vor der Scheibe. Erst als sich eine Gruppe junger Leute näherte und unter lautstarkem Gegröle die Kneipe betrat, verzog sich der heimliche Beobachter wieder in sein Versteck, wo er abwartend in der Dunkelheit kauerte, bis Peter Wickert etwa eine Stunde später in Begleitung aus der Tür trat.

Die Tür öffnete sich einen Spalt breit, und eine zimtig süße Wolke strömte ins Treppenhaus. Oma Erna lugte hinaus, entdeckte Angelika, und ein erfreutes Lächeln kroch über ihr faltiges Gesicht.

»Komm rein, Mädel, ich habe gerade Kaffee gemacht, und der Apfelkuchen ist auch ganz frisch.« Oma Erna lächelte. Der harte, abgehackte Tonfall ihrer Stimme verriet, dass sie nicht aus dem Rheinland stammte, dass es wie bei so vielen Menschen ihrer Generation der Krieg gewesen war, der sie vor über dreißig Jahren gezwungen hatte, in Düsseldorf eine neue Heimat zu finden.

Sie schlurfte voraus in die schmale Küche, die im hinteren Teil der kleinen Mietwohnung lag. Angelika folgte ihr. Sie hatte gehofft, dass Oma Erna ein wenig Zeit für sie übrig haben würde. Zu Hause, in ihrer eigenen Wohnung zwei Etagen höher, wartete ein Stapel ungebügelter Wäsche, aber an einem tristen Septembernachmittag wie diesem war es doch viel schöner, gemütlich zusam-

men zu sitzen und zu plaudern. Die Kinder spielten irgendwo draußen, und zu Hause war sie doch nur mit ihren Gedanken allein. Außerdem musste sie die Sache mit der Scheibe klären.

Und dann war da noch dieses Andere, über das sie gern mit jemandem gesprochen hätte, jemand anderem als ihrem Mann Jochen, der sofort vollkommen die Beherrschung verlor, wenn sie das Thema nur anschnitt. Aber darüber durfte sie nicht reden, mit niemandem. Sie durfte nicht einmal andeuten, dass es da ein Problem gab; sie musste so tun, als sei alles genau wie immer.

Angelika setzte sich an den wackeligen Küchentisch mit der abgewetzten Resopalplatte und sah Oma Erna zu, wie sie den Kuchen in säuberliche Stücke schnitt. Oma Erna war eigentlich niemandes Oma. Und sie war auch noch nicht wirklich alt, Anfang fünfzig vielleicht, auch wenn sie wesentlich älter aussah. Aber aus irgendeinem Grund, nannten sie alle so. Nicht nur die Kinder, auch die Erwachsenen betrachteten sie als eine Art Oberhaupt der Antoniusstraße, einer schmalen, ruhigen Einbahnstraße in der Nähe des Düsseldorfer Hauptbahnhofs, in der jeder jeden kannte, fast so als lebten die Menschen hier in einem kleinen Dorf und nicht im Herzen einer Großstadt. Wenn jemand Sorgen hatte, etwas wissen wollte oder einen Babysitter brauchte, dann ging er zu Oma Erna.

Erna schenkte Kaffee ein.

»Mach dir mal keine Gedanken wegen der Fensterscheibe. Das ist nicht weiter schlimm. Solche Dinge passieren.«

55

Angelika räusperte sich. »Ich finde trotzdem, dass die Kinder das wieder gutmachen sollten. Den Schaden irgendwie abarbeiten, meine ich. Sie könnten ja für dich einkaufen gehen oder so was.«

Erna lächelte. »Das ist eine gute Idee.«

Angelika nahm einen Schluck Kaffee. Dann aß sie den Kuchen, während Oma Erna sich ihr gegenüber niederließ und anfing, eine große Schüssel Pflaumen zu entsteinen. Eine Weile gingen beide Frauen schweigend ihrer jeweiligen Beschäftigung nach. Schließlich legte Angelika die Gabel auf den leeren Teller. Ihr Blick fiel auf den Morgenkurier, der ungelesen auf dem Tisch lag. »Kanzler Schmidt verteidigt Ostpolitik.« Sie schob das Blatt mit einer müden Handbewegung zur Seite. Sie las nie die Zeitung. Sie verstand nichts von Politik und sie wollte es auch nicht verstehen. Was sie interessierte, war ihre eigene kleine Welt, ihre Familie, ihr Mann und die Kinder. Leider ließ sich beides manchmal nicht trennen. Angelika seufzte. Dann spürte sie Ernas fragenden Blick. Sie lächelte.

»Die Zeitung«, erklärte sie vage. »Da steht immer so viel drin, was man doch nicht versteht. Mich interessiert das alles nicht.«

Erna machte ein Geräusch, das wie eine Mischung aus Seufzen und verächtlichem Grunzen klang. Sie griff nach der Kuchenschaufel. »Noch ein Stück?«

Angelika wollte dankend ablehnen, aber dann nickte sie. Durch das Küchenfenster drang plötzlich das Geschrei von Kindern. Eine Stimme brüllte wütende Beschimpfungen und irgendjemand weinte bitterlich. Angelika

56

sprang auf und sah hinaus. Sie standen auf dem Rasen und stritten. Der Garten hinter dem vierstöckigen Mietshaus, das sie bewohnten, war klein und schmal. Eine hohe, unordentlich verputzte Backsteinmauer trennte ihn vom Garten des Nachbarhauses, der viel größer war und ein wenig verwildert. Alle Gärten hinter den Häusern des Viertels waren durch solche Mauern von einander getrennt. Die Mieter hatten durch den Keller Zugang und konnten sie nach Belieben nutzen. Nur die Bewohner der Parterrewohnungen hatten es noch besser. Sie konnten direkt von ihren Balkonen aus über eine Treppe in den Garten gehen. Die Kinder spielten in allen Gärten, so wie es ihnen gefiel. Sie ließen sich weder von Mauern noch von Kellertüren abhalten, nicht einmal von schimpfenden Anwohnern, denen es bisweilen zuviel wurde, wenn sie durch die Beete trampelten und die Birnbäume plünderten. Die Kinder betrachteten das gesamte Gelände als ihr Revier, als einen einzigen großen Abenteuerspielplatz.

Angelika beobachtete das Geschehen hinter dem Haus mit sorgenvollem Blick. Die Kinder verzogen sich jetzt in eine Ecke des Gartens, wo ein dichtes Holundergebüsch die Sicht versperrte. Sie diskutierten immer noch aufgeregt miteinander. Ein kleiner Junge blieb allein auf dem Rasen zurück und starrte ihnen erwartungsvoll hinterher.

»Was ist los?« Erna war neben Angelika getreten und spähte ebenfalls aus dem Fenster.

»Es ist wegen Martin. Es ist immer dasselbe. Sie lassen ihn nicht mitspielen. Er ist ihnen zu klein.« Sie seufzte.

Am liebsten wäre sie hinaus auf den Balkon gegangen und hätte die Sache geregelt. Es schmerzte sie, ihren Sohn so leiden zu sehen. Aber sie wusste, dass ihr Mann nichts davon hielt, wenn sie sich einmischte: Das müssen die untereinander regeln. Du machst alles nur noch schlimmer, wenn du dich da reinhängst. Da muss der Junge durch.

»Willst du nicht mit den Kindern reden?« Erna machte einen Schritt auf die Balkontür zu.

»Nein, nein, lass nur, die müssen allein klarkommen.«

Erna wollte etwas erwidern, aber in dem Moment kehrten die größeren Kinder aus dem Gebüsch zurück und gingen auf Martin zu. Erik schien heute der Wortführer zu sein. Der pummelige Zwölfjährige hielt so etwas wie eine Ansprache und auf Martins tränenverschmiertem Gesicht breitete sich ein strahlendes Lächeln aus. Angelika atmete tief durch und sah Erna erleichtert an. Als sie ihren Blick wieder dem Garten zuwandte, sah sie gerade noch, wie die ganze Horde die Kellertreppe hinunterstürmte und hinter der verwitterten, grauen Holztür verschwand.

Katrin setzte sich auf die zierliche, weiße Bank in der hinteren Ecke des Gartens. Sie schloss sekundenlang die Augen und stellte sich vor, wie sie in einen eiskalten, klaren Bergsee tauchte. Aber die Realität holte sie sofort wieder ein. Das schwarze Kostüm kratzte am Rücken und an den Oberschenkeln. Sie blickte nach oben. Die graue Wolkendecke spannte sich wie ein bleiernes Korsett über den Himmel, so als wolle sie die Stadt in ihren eigenen Ausdünstungen ersticken. Anstatt die langersehnte Abkühlung zu bringen, konservierte die dunkle Masse die lähmende Hitze wie unter einer Saugglocke. Katrin spürte, wie ihr der Schweiß in kleinen, kitzelnden Perlen den Rücken hinunterlief. Hinter sich hörte sie gedämpftes Stimmengemurmel und das Geklapper von Geschirr.

»Ein schrecklicher Tag.«

Thomas Heinrich ließ sich schwerfällig neben ihr auf der Bank nieder. Er zog ein weißes Taschentuch aus der Jacketttasche, wischte sich die Stirn und stopfte es wieder weg. Katrin nickte nur. Sie war sich nicht ganz sicher, ob er die unerträgliche Schwüle meinte oder die Tatsache, dass er soeben seine Frau beerdigt hatte. Eine Weile starrten beide schweigend auf den Rasen, der trotz der anhaltenden Trockenheit saftig grün war. Die Heinrichs hatten einen äußerst pflichtbewussten Gärtner, der weder Mühen noch Wasserrechnungen scheute.

»Ich wollte dir etwas geben«, sagte Thomas Heinrich schließlich mit rauer Stimme und hielt Katrin ein kleines, graues Kästchen hin. Er sah sie auffordernd an, und in seinem Blick lag eine grenzenlose Traurigkeit, die Katrin erschreckte. Der Studienfreund ihres Vaters sah auch mit Anfang fünfzig noch äußerst attraktiv aus. In den letzten Tagen jedoch war sein Gesicht mit einem Mal alt geworden, und seine Haut wirkte grau und papieren, so als könne ein kleiner Windstoß sie zerreißen. Katrin senkte betroffen den Blick und starrte auf das Kästchen in seinen Händen. Dann sah sie ihn fragend an.

»Was ist das?«

»Ihr Schmuck.«

Katrin zuckte verwirrt zusammen.

»Es sind nur ein paar kleine Stücke«, fügte er schnell hinzu. »Sie sind kein Vermögen wert. Ich bin sicher, dass sie es so gewollt hätte. Wir haben ja sonst niemanden, dem wir es geben könnten.«

»Das tut mir Leid«, sagte Katrin leise. Sie vermied es, auf das kleine Kästchen zu sehen, das Heinrich ihr immer noch hinhielt, und starrte stattdessen wieder auf den Rasen vor ihren Füßen. Sie wünschte sich meilenweit weg. Sie spürte das unvermeidliche Gespräch nahen wie eine schwarze Gewitterfront. Thomas Heinrich stellte das Schmuckkästchen auf die Bank zwischen sie.

»Es ist nicht so, wie du vielleicht denkst. Ich weiß, dass du sie nicht besonders gemocht hast, aber das war nicht deine Schuld. Sie war sehr verschlossen.«

»Ich hatte ja keine Ahnung.« Katrin hatte das Gefühl, ihre eigene Stimme von ganz weit weg zu hören. Wieder brach ihr der Schweiß aus allen Poren, aber diesmal lag es nicht an der Schwüle.

Thomas Heinrich schüttelte den Kopf. »Niemand hat wirklich gewusst, was in ihr vorging. Manchmal hatte sie gute Phasen, dann waren wir beinahe richtig glücklich.« Er lächelte schwach. »Aber dann überkam es sie wieder, und sie war tagelang, wochenlang nicht ansprechbar, verschlossen, stumm. Ich habe mit ansehen müssen, wie

60

sie gelitten hat. Sie hat sich mit Tabletten voll gestopft, aber die haben das Problem nur verlagert, ihr jegliche Lebensenergie geraubt. Manchmal saß sie stundenlang einfach da, vollkommen versunken, apathisch. Nachts konnte sie nicht schlafen, ist durchs Haus geschlichen, hat am Fenster gestanden und in den Garten gestarrt. Sie war immer sehr leise, wollte mich nicht wecken, aber ich habe es jedes Mal mitgekriegt. Ich habe versucht, ihr zu helfen, aber sie hat mich nie ganz an sich rangelassen. Es war, als wäre da eine Wand zwischen ihr und dem Rest der Welt gewesen.«

»Ich dachte, es war, weil ihr keine Kinder hattet?«

Er schüttelte heftig den Kopf. »Alle denken das. Ich hielt es für das Beste, es dabei zu belassen. Das ist wenigstens etwas, das die meisten nachvollziehen können. Aber das stimmt nicht. Zumindest nicht so. Das Gegenteil war der Fall. Sie wollte keine Kinder. Auf gar keinen Fall. Das war das Erste, was sie zu mir sagte, als ich sie bat, meine Frau zu werden: Aber ich will keine Kinder. Niemals. Das ist meine einzige Bedingung.« Thomas Heinrich schwieg und starrte auf seine Hände. Dann fuhr er fort. »Ich bin damals natürlich davon ausgegangen, dass sie ihre Meinung ändert. Sie war ja noch so jung, als ich sie kennen lernte. Gerade neunzehn. Selbst noch fast ein Kind. Aber sie hat sie nicht geändert.«

Katrin wandte ihr Gesicht zur Seite und sah ihn an.

»Hat sie denn mit dir darüber gesprochen, warum sie keine Kinder wollte?«

Er schüttelte den Kopf.

»Ich habe es natürlich versucht, aber sie wollte nicht darüber reden. Ich denke, es hatte mit ihrer eigenen Kindheit zu tun. Als sie dreizehn war, hat ihre Mutter sie und ihren Vater von einem Tag auf den anderen verlassen. Ist einfach verschwunden und nie wieder aufgetaucht. Claudias Vater ist damit nicht fertig geworden. Er war Bankangestellter, ein ganz korrekter, penibler Mensch. Ich vermute, er hat das Verhalten seiner Frau als persönliches Versagen empfunden.«

Thomas Heinrich zog erneut das Taschentuch aus seiner Tasche und begann, sich umständlich die Finger zu reiben. »Seinen Frust darüber musste seine Tochter ausbaden. Sie war an allem Schuld, sie konnte ihm nichts recht machen. Sie war dumm, eine Versagerin.«

Er verstummte. Katrin beobachtete, wie er das Taschentuch ordentlich zusammenfaltete und auf seinen Oberschenkel legte.

»Denkst du, dass sie deswegen depressiv war?«

Er nickte. »Ich glaube, wenn man oft genug unter die Nase gerieben bekommt, was man für ein Stück Dreck ist, fängt man irgendwann an, es zu glauben. Claudia hat es auf jeden Fall geglaubt. Sie hielt sich für einen nutzlosen, schlechten Menschen, hatte ständig irgendwelche absurden, diffusen Schuldgefühle.« Er stopfte das Taschentuch weg. »Sie hätte weglaufen sollen, wie ihre Mutter«, sagte er heftig.

Dann erhob er sich. »Ich muss zurück zu meinen Gästen.« Er tippte mit der Hand kurz auf das Kästchen, das immer noch unangetastet auf der Bank stand, und sah Katrin bittend an. Sie nickte kaum merklich und versuchte ein schwaches Lächeln. Er lächelte zurück, wandte sich abrupt ab und ging mit langen Schritten über den Rasen zurück zum Haus.

Katrin setzte sich kerzengerade auf und lauschte in die Stille. Bestimmt hatte sie schlecht geträumt. Sie blickte auf den Wecker. Es war viertel vor zwei. Aber dann klingelte es wieder. Ein ungutes Gefühl kroch durch ihre bleischweren Glieder. Sie rollte sich schwerfällig aus dem Bett und trottete schlaftrunken in die Diele. Unbeholfen tastete sie nach dem Telefon.

»Katrin? Ich bin's!«

»Roberta? Was ist los?«

»Er ist schon wieder nicht nach Hause gekommen. Was soll ich nur tun? Ich weiß nicht, was ich machen soll. Ich -«

»Halt! Stopp. Ich verstehe überhaupt nichts.« Katrin schnappte sich das Telefon und nahm es mit ins Wohnzimmer. Sie kuschelte sich in den Schaukelstuhl, zog das Nachhemd über die Knie und deponierte den Apparat auf ihrem Schoß. »Bitte der Reihe nach, Roberta«, bat sie ihre Freundin dann. »Peter ist nicht nach Hause gekommen? Und das nicht zum ersten Mal?«

Katrin hörte einen Laut in der Leitung, der wie ein unterdrücktes Schluchzen klang.

»Er kommt schon seit Wochen oft erst sehr spät nach Hause. Das ist ja auch eigentlich nichts Besonderes. Er muss halt häufig noch irgendwelche Projekte beenden. Das war schon immer so. Aber in den letzten Tagen war es besonders oft. Und besonders spät.«

Ihre Stimme verstummte. Katrin wartete. Dann sprach Roberta weiter.

»Er hat eine Freundin. Ich weiß es. Ich habe eine Telefonnummer gefunden.«

»Eine Telefonnummer? Das heißt doch nichts.«

»Ich habe ihn gefragt, und er hat irgendeine haarsträubende Geschichte von einem alten Schulfreund erzählt, den er letztes Jahr bei der Aufstiegsfeier von Fortuna angeblich wiedergetroffen hat.«

»Letztes Jahr? Ich verstehe nicht.«

»Ich sag dir ja, es ist haarsträubend. Er behauptet, er hat diesen Freund auf dieser Fußballparty wiedergetroffen, aber danach haben sie sich nicht wieder gesehen, und dann hat er angeblich vorige Woche angerufen, weil er Hilfe braucht.«

»Was für Hilfe?«

»Keine Ahnung. Peter will mir nichts dazu sagen. Das sei etwas sehr Persönliches und er könne im Augenblick nicht drüber sprechen. Ich solle ihm vertrauen. Der hat gut reden. Ich glaub ihm kein Wort.« Roberta schnaubte verächtlich.

»Vielleicht stimmt es ja doch. Willst du nicht noch Mal mit ihm reden?«

Katrin zog das Nachhemd enger um ihre Beine. Sie fröstelte plötzlich. Obwohl die drückende Hitze des Tages immer noch schwer in der Luft lag, strich eine Gänsehaut über ihre Arme, und sie sehnte sich nach ihrem warmen Bett.

»Ich komme morgen zu dir, Roberta. Und dann reden wir in aller Ruhe darüber. Vielleicht kann ich

64

ja auch mal mit Peter sprechen. Bitte versuch jetzt zu schlafen.«

Nachdem sie aufgelegt hatte, huschte Katrin schnell in ihr Bett zurück. Aber sie konnte nicht einschlafen. Bilder von Robertas Hochzeit schossen ihr durch den Kopf. Es war ein stürmischer Regentag gewesen, aber Roberta hatte heller als die Sonne gestrahlt.

In den frühen Morgenstunden tapste Rupert ins Schlafzimmer und machte es sich auf Katrins Beinen bequem, jedoch nicht, ohne vorher zehn Minuten lang laut schnurrend mit den Pfoten die Bettdecke zurechtzudrücken. Katrin stöhnte, fiel in einen traumlosen Schlaf und erwachte, als ihr die grelle Septembersonne erbarmungslos ins Gesicht schien. Die düsteren Wolken vom Vortag waren spurlos verschwunden und hatten den ersehnten kühlenden Regen mitgenommen.

7

Er könnte morden, ohne dass es je jemand bemerkte. Es gab unendlich viele Methoden, das Leben eines Menschen zu beenden, indem man ihm die Luft zum Atmen vorenthielt. Das Interessante war, dass man es seinem Opfer dabei leicht machen konnte, süß und angenehm, oder aber unvorstellbar schwer. Denn es gibt zwei verschiedene Formen des Erstickens, das hypoxische und das asphyktische.

Beim hypoxischen Ersticken, etwa bei einer Kohlenmonoxydvergiftung oder beim Sterben unter einer Plastiktüte, tritt der Tod durch Sauerstoffmangel ein. Das im Körper befindliche Kohlendioxyd kann dabei aber trotzdem ungehindert abgeatmet werden. Man atmet also verbrauchte Luft aus, aber keinen frischen Sauerstoff mehr ein. Der Körper reagiert auf den Sauerstoffmangel mit einer Steigerung der Atemfrequenz, es kommt zur Hyperventilation. Ein Gefühl der Erregung tritt ein bis hin zur Euphorie. Schließlich verliert man das Bewusstsein und stirbt. Hypoxie ist ein schöner, ein sanfter Tod. Das angenehme Gefühl dabei verhindert aber auch das Eintreten von Selbstrettungsmechanismen, denn die tödliche Gefahr wird gar nicht erkannt.

Ganz anders ist das jedoch beim asphyktischen Ersticken. Hier kommt zum Sauerstoffmangel eine Kohlendioxydstauung hinzu, das heißt, man kann weder ein- noch ausatmen. Das führt zu starken körperlichen Abwehrreaktionen. Panik und Todesangst stellen sich ein. Das Opfer stirbt qualvoll.

Die verschiedenen Formen des Erstickens nachzuweisen, ist häufig gar nicht so einfach, da sich die Symptome denen verschiedener natürlicher Todesursachen, wie etwa dem Herz-Kreislauf-Versagen, ähneln. Das macht ihren besonderen Reiz aus. Hinzu kommt, dass Selbstmörder diese Tötungsform bevorzugen. Einen gut geplanten Mord unter diesen Bedingungen zu beweisen, ist also ausgesprochen schwierig.

Und wenn jemand in der Lage wäre, einen solchen perfekten Mord auszuführen, dann er. Niemand kannte sich besser aus, niemand hatte sich intensiver mit dem Erstickungstod beschäftigt. Er war mit Sicherheit der größte lebende Experte auf diesem Gebiet. Schade nur, dass es niemand außer ihm wusste.

Der Ball traf Manfred Kabritzky am Hinterkopf. Er stöhnte und ließ den Band mit Rilke-Gedichten sinken, in den er vertieft gewesen war. Er legte das Buch behutsam auf den Rasen. Dann sprang er behände auf und schnappte sich den Ball, der unter einen Busch gerollt war. Drei etwa zwölfjährige Jungen näherten sich zögernd.

»Können wir den Ball wiederhaben?«

»Wie wär's denn mit ›Entschuldigung‹?«

Zwei der Jungen starrten ihn halb verschüchtert, halb provozierend an, aber der Dritte, ein schmächtiger Kerl mit dürren Armen und Beinen, die in einem viel zu großen BVB-Outfit steckten, murmelte eine kaum hörbare Entschuldigung.

Manfred schnaubte empört. »Findet ihr nicht, dass hier ein bisschen zu wenig Platz ist zum Fußballspielen? Ich sollte den Ball da rein schleudern.«

Er deutete auf die Düssel, die sich an dieser Stelle zu einem kleinen See verbreiterte, auf dem ein paar träge Enten plätscherten. Sie befanden sich im Südpark, einer Erweiterung des alten Volksgartens in Oberbilk. Vor knapp zwanzig Jahren hatte die Bundesgartenschau hier stattgefunden. Seitdem wurde das gesamte Gelände schlicht Buga genannt. Es war Sonntag, der achtzehnte September, zehn Uhr vormittags. Wieder schien die Sonne mit unbarmherziger Hochsommerkraft, auch wenn die Schatten allmählich länger wurden und man spüren konnte, dass es sich um ein letztes Aufbäumen handelte, bevor der Herbst das Regiment übernahm. Um diese Zeit war das weitläufige Parkgelände recht leer, aber im Laufe des Tages würden vermutlich wieder so viele Menschen hierher strömen wie am Karnevalssonntag auf die Königsallee.

Katrin, die bisher ungerührt weiter in ihrem Krimi gelesen hatte, blickte jetzt auf. Sie wollte etwas sagen, aber als sie ein Zucken in Manfreds Mundwinkeln entdeckte, schwieg sie grinsend. Die Jungen kamen näher.

»Sie dürfen uns den Ball nicht einfach so wegnehmen. Das ist Diebstahl«, sagte jetzt einer von ihnen trotzig.

»Na, das werden wir ja sehen«, gab Manfred zurück, platzierte den Ball auf dem Boden vor seinen Füßen und

68

feuerte einen Schuss ab, der ihn im eleganten Bogen weit über den Rasen beförderte. Dann spurtete er los.

Fünf Minuten später waren die vier in ein rasantes Spiel vertieft. Zwei ältere Damen, die ihre Decke auf der Wiese ausgebreitet hatten, packten unter lautstarkem Schimpfen ihre Habseligkeiten zusammen und verzogen sich.

Katrin beobachtete eine Weile das Spiel, dann drifteten ihre Gedanken ab. Sie wanderten zu Roberta. Katrin dachte daran, wie ihre Freundin ihr von Peters verändertem Verhalten erzählt hatte. Am Morgen nach dem Anruf war sie gleich zu Roberta gefahren. Sie hatte ihre Freundin im Wohnzimmer gefunden, wo sie auf dem Fußboden mitten in einem Berg halb ausgepackter Umzugskartons saß und heulte. Es waren Tränen der Empörung, des Schmerzes, aber auch der Erschöpfung. Peter arbeitete bis spät in die Nacht, und Roberta war den ganzen Tag allein mit den Kindern, in einem fremden Haus, an einem fremden Ort und mit all den unendlich vielen Besorgungen und Erledigungen, die ein Umzug mit sich brachte. Katrin begriff, dass es an dieser extrem belastenden Situation lag, dass Roberta so überreagierte. Dass sie einfach mit den Nerven am Ende war und Hilfe brauchte. Es war ein merkwürdiges Gefühl gewesen, Roberta so zu sehen. Sie war zwar zart und schmächtig, aber sie steckte voller Energie. Bisher hatte Katrin immer geglaubt, dass es nichts gäbe, was ihre Freundin unterkriegen könnte. Aber da hatte sie sich getäuscht. Jetzt waren auch ihre Kräfte aufgebraucht.

69

Katrin rief kurz entschlossen in der Brauerei an und sagte den Termin ab. An dem Tag hätte sie eigentlich die Aufnahmen für die Werbebroschüre machen sollen. Ihre Absage wurde mit Erleichterung entgegengenommen. Zwar mussten die Geschäfte auch nach Andreas Schäfers tragischem Tod weiterlaufen, aber noch war die Normalität nicht wieder eingekehrt; ein Bierbrauer fehlte, und außerdem standen die Kollegen unter Schock; alle waren sehr betroffen von dem Unglück. Sie vereinbarten einen neuen Termin in der nächsten Woche. Vielleicht war dann auch endlich diese unerträgliche Hitzewelle vorbei.

Katrin und Roberta packten gemeinsam Kartons aus. Katrin ließ drei Maschinen Wäsche laufen, spannte lange Leinen im Garten und hängte sie auf. Roberta hatte die Waschmaschine seit jener Nacht, in der sie die Telefonnummer gefunden hatte, nicht mehr angerührt. Das war letzten Freitag gewesen, vor genau einer Woche.

Mittags holten sie die Kinder ab. Sie kauften Hähnchen und Pommes Frites an einer Imbissbude, breiteten an einer der wenigen Stellen, wo sich ein wenig ausgedörrter Rasen befand, eine Decke aus, und machten Picknick im Garten zwischen der frischen Wäsche, die eine angenehme Kühle verbreitete.

Später ließ Katrin sich den Bierdeckel zeigen. Sie riefen die Nummer an, aber am anderen Ende meldete sich nur eine Mailbox. Katrin versuchte Roberta klar zu machen, dass es bestimmt eine harmlose Erklärung für Peters Geheimniskrämerei gab, aber sie spürte, wie in ihr selbst die Zweifel hochstiegen. Es war halb neun, als sie wegfuhr, und zu dem Zeitpunkt war Peter noch nicht nach Hause gekommen.

Ein heftiger Schlag auf den Kopf riss Katrin aus ihren Gedanken. Diesmal hatte sie den Ball abbekommen. Manfred entschuldigte sich in aller Form. Die Jungen grinsten. Katrin beschloss, die allgemeine Unaufmerksamkeit zu nutzen. Sie sprang auf, kickte den Ball ein Stück vor sich her und beförderte ihn dann mit einer gezielten Flanke in das aus einem Sweatshirt und einem gelben Rucksack provisorisch errichtete Tor.

8

Hauptkommissar Halverstett deponierte sein Jackett auf dem Rücksitz des Dienstwagens und krempelte die Ärmel seines Hemdes hoch. Trotz der vielen Geschäfte lag die Benderstraße verlassen wie eine ausgediente Filmkulisse in der sengenden Hitze. Es war zwei Uhr mittags. Halverstett knallte die Wagentür zu. Dann marschierte er entschlossen auf ein älteres Mietshaus zu, das an einer Straßenecke lag. Ein Kollege in Uniform stand vor der Haustür, grüßte ihn knapp und ergänzte trocken: »Dritte Etage. Kein Aufzug.«

Halverstett brummte missmutig und machte sich an den Aufstieg. Wider Erwarten war das Treppenhaus angenehm kühl. Ein paar neugierige Nachbarn lugten verstohlen aus ihren Wohnungen. Einige hatten sich auf dem Treppenabsatz der dritten Etage versammelt und versuchten einen Blick durch die geöffnete Tür zu werfen. Ein Beamter der Spurensicherung strich mit einem Pinsel über den Rahmen.

»Na, Krüger. Schon was gefunden?«

»Mahlzeit, Halverstett.« Der Mann tippte mit dem behandschuhten Zeigefinger auf das Schloss. »Aufgebrochen worden. Ziemlich dilettantisch, wenn Sie mich fragen. Da hatte jemand nicht viel Erfahrung mit so was.«

Er pinselte weiter und Halverstett betrat die Wohnung. Trotz des Durcheinanders von Polizisten, die versuchten, Spuren aufzunehmen, verströmten die Räume Kargheit und Leere, wirkte die Wohnung unpersönlich und schäbig. Ein altmodisches Telefontischchen und ein Schirmständer in Form einer mit Blumen bemalten, bauchigen Milchkanne waren die einzigen Möbelstücke in der Diele, deren blanker, vergilbter Linoleumboden sich entlang der Fußleisten vom Untergrund schälte. Rita Schmitt tauchte auf der Türschwelle zum Wohnzimmer auf und begrüßte Halverstett. Er nickte ihr zu.

»Wo?«, fragte er knapp.

Sie ging voran in ein kleines fensterloses Bad mit gelblichen Kacheln. Auf dem fleckigen Waschbeckenrand lag ein Rasierapparat, ein lindgrünes Badehandtuch hing über der Toilette. In der Wanne lag ein blasser, korpulenter Mann. Sein nackter Körper wirkte aufgequollen, und auf dem Wasser in der Wanne schwamm ein schmieriger Fettfilm.

Maren Lahnstein kniete neben ihm auf dem Boden. Als sie Halverstett bemerkte, erhob sie sich und lächelte ihn an. Der Polizist konnte nicht umhin, trotz des Kittels, der Handschuhe und des hochgesteckten Haars erneut zu registrieren, wie ausgesprochen attraktiv sie war. Er merkte, wie er unwillkürlich die Schultern straffte und den Bauch einzog, und er ärgerte sich über sich selbst.

Plötzlich hörte er empörte Rufe hinter sich.

»Hey, Sie können hier nicht rein. Warten Sie gefälligst draußen.«

73

Dann ertönt eine bekannte Stimme.

»Ich bin ein Freund von Halverstett. Ich will nur kurz mit ihm sprechen.« Es war Manfred Kabritzky.

Halverstett drehte sich um. Der Journalist kam durch die schmale Diele auf ihn zu und schwenkte ein kleines Diktiergerät in der rechten Hand.

»Eine kurze Stellungnahme von der Polizei, wenn ich bitten darf. Was ist passiert? Gibt es schon irgendwelche Erkenntnisse?« Kabritzky quetschte sich neben Rita Schmitt in den Türrahmen und lugte ins Badezimmer. »Ui. Das sieht aber gar nicht schön aus.«

»Raus!« Rita Schmitt packte Kabritzky unsanft am Arm und zerrte ihn in die Diele. »Meyer!«, rief sie einem Kollegen zu. »Sorgen Sie dafür, dass dieser Mann verschwindet.«

»Ich wollte doch nur ein paar Infos, damit ich meinen Artikel schreiben kann.« Der Journalist wandte sich an den Kommissar und hielt ihm das Diktiergerät hin. »Also, was -«

In diesem Augenblick klopfte ihm der Polizist namens Meyer auf die Schulter, ein kräftig gebauter, athletischer Mann von mindestens ein Meter neunzig. »Sie haben doch gehört, was die Kollegin gesagt hat. Raus!« Er blickte Kabritzky auffordernd an. Dieser hob beschwichtigend die Hände.

»Schon gut, schon gut«, murmelte er und zog sich langsam Richtung Wohnungstür zurück. »Bin ja schon weg.«

Im Weggehen drehte er sich noch einmal zu dem Kommissar um, der ihm missbilligend hinterhersah. »Tut

74

mir Leid, Halverstett, aber ich mach auch nur meinen Job.«

Er machte ein paar Schritte rückwärts, stolperte über die mit Schirmen bestückte Milchkanne, die krachend umkippte, und fluchte laut. Umständlich stellte er den Schirmständer wieder auf seinen Platz. Dann hastete er aus der Wohnung.

»Was war denn das für einer?«

Maren Lahnstein blickte verwundert von Rita Schmitt zu Klaus Halverstett.

»Manfred Kabritzky«, erläuterte der Kommissar. »Arbeitet beim Morgenkurier. Eigentlich ist er in Ordnung. Er muss nur gelegentlich in seine Schranken verwiesen werden.« Er grinste Rita Schmitt an.

Maren Lahnstein wandte sich wieder ihrer Arbeit zu. Sie deutete auf den Leichnam. »Beugen Sie sich mal rüber«, forderte sie den Kommissar auf. Halverstett trat an die Wanne und näherte sein Gesicht dem Kopf des Toten. Dann richtete er sich auf.

»Bittermandel?« Seine Stimme klang verwundert.

Die Ärztin nickte.

»Er ist vergiftet worden?«

»Ich kann natürlich noch nichts Genaues sagen, aber das sieht nach einer Zyanidverbindung aus. Blausäure. Zyankali, vielleicht.«

Halverstett schüttelte ungläubig den Kopf. »In der Badewanne? Ist das nicht ziemlich merkwürdig?«

Maren Lahnstein zuckte mit den Schultern. Sie deutete auf eine halbvolle Pralinenpackung, die auf dem Rand des verschmutzten Waschbeckens lag. »Ich vermute, das Gift war in einer von diesen Pralinen. Aber das muss nicht sein. Er kann es auch einige Zeit vor dem Bad zu sich genommen haben. Zyanidsalz reagiert mit der Magensäure und führt zum so genannten inneren Ersticken«, erklärte sie. »Je nachdem, wie voll der Magen ist, kann es aber bis zu vier Stunden dauern, bis der Tod eintritt.«

Halverstett warf einen flüchtigen Blick auf die Pralinenschachtel, dann blickte er zu Rita Schmitt, die die ganze Zeit schweigend zugehört hatte. Jetzt räusperte sie sich.

»Schon merkwürdig«, murmelte sie, »drei Tote innerhalb von zwei Wochen, und alle drei sind irgendwie erstickt.«

9

Es war Montagmorgen. Durch die halb geschlossene Gardine malte die Sonne bizarre Lichtmuster auf die Bettdecke und auf das kleine graue Kästchen, das Katrin auf ihrem Schoß abgestellt hatte. Fünf Tage hatte Claudia Heinrichs Schmuckschatulle jetzt unberührt auf Katrins Schlafzimmerkommode gestanden. Heute endlich war sie dazu bereit, einen Blick hineinzuwerfen. Sie war sogar ein wenig neugierig. Vielleicht fand sie ja etwas in diesem Kästchen, das das Geheimnis seiner Besitzerin preisgab? Oder zumindest etwas Persönliches, einen Hinweis darauf, wer Claudia Heinrich wirklich gewesen war und was sich hinter dieser verschlossenen, todtraurigen Fassade verborgen hatte.

Katrin ließ das Schloss aufschnappen und hob vorsichtig den Deckel an. Das Innere war mit rotem Samt ausgeschlagen. Ein paar schlichte, geschmackvolle Schmuckstücke lagen darauf, zwei Ketten, verschiedene Ringe und Armbänder sowie eine kleine silberne Uhr. Katrin sah auf einen Blick, dass der Inhalt des Kästchens ziemlich wertvoll war, viel wertvoller jedenfalls, als Thomas Heinrich behauptet hatte. Aber sie spürte auch, dass er wirklich wollte, dass sie die Schmuckstücke bekam. Sie nahm die Teile einzeln heraus, breitete sie auf der Bettdecke aus und betrachtete sie nachdenklich. Der Schmuck war elegant und erlesen, aber er verriet nichts über seine Besitzerin. Keines der Stücke war auch nur im Geringsten auffällig, individuell oder gar exotisch. Claudia Heinrich war und blieb ein leeres Blatt Papier, eine unzugängliche Burg, die das Rätsel hinter ihren dicken Steinmauern nicht preisgab.

Katrin schnappte sich das Schmuckkästchen und schüttelte es, so als könne sie ihm die Antwort mit Gewalt entreißen. Überrascht, beinahe erschrocken zuckte sie zusammen, als der Innenboden herausfiel und mit ihm tatsächlich noch etwas, ein kleines, glänzendes Stück Papier. Katrin griff danach und begutachtete es neugierig. Es war ein Foto, eine vergilbte, verblichene Farbaufnahme. Das Bild zeigte fünf Kinder auf einer Wiese, vier Jungen und ein Mädchen, lachend und unbeschwert. Sie waren etwa zehn Jahre alt. Es war offensichtlich ein heißer Sommertag, denn die Jungen trugen kurze Hosen und hautenge T-Shirts und das Mädchen hatte einen ebenso kurzen gestreiften Rock an. Ihr langes, dunkles Haar trug sie zu zwei Zöpfen gebunden, die mit kirschroten Spangen zusammen gehalten wurden. Zumindest ahnte Katrin, dass die Spangen rot waren, denn richtig erkennen konnte sie es nicht. Das Foto hatte eine gleichmäßig Verfärbung in den verschiedensten Gelbtönen angenommen und die verblassten Konturen waren nicht mehr scharf.

Katrin machte die kleine Lampe auf dem Nachttisch an und hielt das Foto ins Licht. Jetzt erkannte sie, dass die Kinder nicht auf einer Wiese irgendwo auf dem Land fotografiert worden waren, wie sie auf den ersten Blick angenommen hatte. Denn auf der linken Seite der Aufnahme befand sich eine etwa zwei Meter hohe Steinmauer, und dahinter konnte sie die verschwommenen Fassaden mehrstöckiger Mietshäuser ausmachen. Dieses Bild war in einer Stadt geknipst worden, irgendwo in den begrünten Hinterhöfen eines großen Häuserblocks.

Katrin drehte das Bild um, doch auf der Rückseite fand sie weder Namen noch Daten. Ob das Mädchen auf der Wiese Claudia Heinrich war? Katrin überlegte. Das Foto war mindestens zwanzig, wenn man die Kleidung der Kinder genau betrachtete, sogar eher dreißig Jahre alt. Das würde hinkommen. Claudia Heinrich war achtunddreißig gewesen, als sie starb. Wenn sie tatsächlich das Mädchen auf diesem Bild war, und wenn sie damals etwa zehn Jahre alt war, dann stammte die Aufnahme aus der Mitte der Siebzigerjahre.

Das Mädchen auf dem Foto sah sorglos und glücklich aus. Vorwitzig grinste sie in die Kamera. Warum hatte Claudia Heinrich dieses Foto all die Jahre aufbewahrt? Und wieso in dieser Schmuckkiste, versteckt unter dem Innenboden, und nicht in einem Album mit den anderen Bildern? Was war so besonders an diesem Bild? Und warum war aus dem unbeschwerten Mädchen eine so unglückliche Frau geworden?

»Es ist so, wie ich vermutet hatte.« Maren Lahnstein streifte sich die Handschuhe von den Fingern und sah Halverstett an, der soeben den Sektionssaal betreten hatte. Dann blickte sie kurz zu Rita Schmitt, die neben ihr stand und mit dem Staatsanwalt sprach. »Zyanidsalz.«

Halverstett nickte bestätigend. »Eingeschlossen in den Pralinen. Das Labor hat vorhin angerufen. Dem Täter muss sehr viel daran gelegen haben, dass es sein Opfer auch wirklich erwischt. Er hat tatsächlich jede einzelne Praline präpariert.«

»Dabei hätte schon eine Einzige genügt.«

Staatsanwalt Fischer warf einen flüchtigen Blick auf den beleibten, blassen Körper, den die Gerichtsmedizinerin nur notdürftig abgedeckt hatte und wandte sich dann schnell wieder ab. »Wie gut muss man sich auskennen, um eine solche Tat zu planen?«, wollte er wissen. »Aus medizinischer Sicht, meine ich.«

Maren Lahnstein zuckte mit den Schultern. »Das kann jeder, der sich ein bisschen informiert. Dazu braucht man kein Medizinstudium oder so. Allerdings sind Zyanidsalze nicht ganz einfach zu beschaffen. Die gibt es nicht an jeder Straßenecke.«

»Sonst noch irgendwas, das ich wissen müsste?«, fragte Halverstett.

»Der Mann war vermutlich Alkoholiker. Wollen Sie mal seine Leber sehen?«

Der Kriminalist hob abwehrend die Hand. Maren Lahnstein lächelte. »Sie sind ja gar nicht so hart wie die anderen behaupten.« Sie warf Rita Schmitt einen vielsagenden Blick zu. Dann begleitete sie die drei Ermittler zur Tür. »Haben Sie schon irgendwas herausgefunden?«

Halverstett zuckte die Schultern. »Nichts, das uns irgendwie weiter hilft. Das Türschloss hat Stein wohl selbst aufgebrochen. Offensichtlich hatte er am Tag vorher seinen Wohnungsschlüssel verloren. Ein Nachbar hat ausgesagt, dass Stein sich bei ihm Werkzeug geliehen hat, um seine Tür aufzustemmen. Vermutlich war ihm der Schlüsseldienst zu teuer; es war ja Samstagabend. Diese Spur können wir also vergessen. Wäre ja auch ein bisschen unlogisch gewesen: jemand bricht nicht äußerst stümperhaft gewaltsam die Tür auf, um dann irgendwo in der Wohnung sorgsam präparierte Pralinen zu deponieren.«

»Die hat Stein vermutlich sogar selbst gekauft«, ergänzte Rita Schmitt. »Wir haben die Kassenbons im Abfall durchgesehen. Er hat für den entsprechenden Betrag am Tag vor seinem Tod etwas gekauft, das unter der Bezeichnung Süßwaren vermerkt war.«

»Dann könnte es ja auch Selbstmord gewesen sein«, meinte Maren Lahnstein.

»Nein, das glaube ich nicht«, antwortete Halverstett. »Erik Stein war offensichtlich ein eher bequemer Mensch. Warum hätte er den Aufwand betreiben sollen, Pralinen zu präparieren, wenn er das Zyanidsalz auch einfach in einem Glas Wasser hätte auflösen können? Ich vermute, jemand hat ihm die Pralinen in den Einkaufwagen gelegt. Er hat an dem Tag jede Menge zu Essen eingekauft. Sie haben ihn ja gesehen.« Halverstett machte eine vage Kopfbewegung in die Richtung, wo Erik Steins Leiche lag. »Er war ein Freund von Lebensmitteln und liebte Süßigkeiten. Er hat wahrscheinlich gar nicht gemerkt, dass dort etwas im Wagen lag, das er gar nicht da hineingetan hat. Und wenn er's gemerkt hat, war es ihm sicher nicht unrecht, und er hat sich nicht weiter

Gedanken darüber gemacht, weil er das Zeug unheimlich mochte.«

»Also hat er die Pralinen, mit denen er ermordet wurde, auch noch selbst bezahlt. Wie absurd.« Die Gerichtsmedizinerin schüttelte den Kopf. Dann ergänzte sie: »Da könnte ja jeder x-beliebige der Täter sein. Wie wollen Sie nur herausfinden, wer es war?«

10

Manfred Kabritzky lenkte den grünen Geländewagen in die Von-Gahlen-Straße und hielt nach einer Parklücke Ausschau. Er hatte Glück. Gegenüber von Haus Nummer 15 war Platz. Er parkte ein, stellte den Motor ab und warf einen Blick auf seine Uhr. Es war Viertel vor drei in der Nacht. Er spähte durch die Windschutzscheibe auf die Häuserfronten rechts und links vor ihm. Alles war dunkel. Dann sah er Katrin an, die neben ihm auf dem Beifahrersitz saß.

»Willst du nicht doch lieber im Wagen bleiben? Es gibt sowieso nicht viel zu sehen. Ich hol nur eben das Diktiergerät und bin schneller zurück, als du –«

Er brach abrupt ab, als Katrin die Taschenlampe aus dem Handschuhfach fischte, die Tür aufschob und wortlos aus dem Auto stieg. Ergeben zuckte Manfred mit den Schultern und glitt seinerseits aus dem Wagen. Von dem Moment an, als Katrin erfahren hatte, was er im Schilde führte, war ihm klar gewesen, dass er sie nicht würde abschütteln können. Vielleicht hatte er sogar mit Absicht etwas durchblicken lassen, um herauszufinden, wie weit sie gehen würde, um hinter ein Geheimnis zu kommen. Was ihren emotionalen und körperlichen Einsatz betraf, wusste er das sehr gut. Er hatte hautnah miterlebt, wie sie mit fremden Menschen litt, die in einen tragischen Todesfall verstrickt waren, und wie sie Kopf und Kragen riskierte, um Licht ins Dunkel zu bringen. Was er noch nicht wusste war, ob sie, wenn es drauf ankam, auch ihre anständige Erziehung abwerfen und das Gesetz übertreten würde.

Katrin hatte ihn zwar empört zurechtgewiesen, als er ihr erzählte, dass er absichtlich sein eingeschaltetes Diktiergerät in Erik Steins Schirmständer deponiert hatte, um an interessante Informationen zu kommen. Aber trotzdem hatte sie darauf bestanden, ihn zu begleiten, wenn er das Gerät wieder aus der Wohnung holte.

Manfred schloss das Auto ab. Katrin war bereits ein Stück die Straße entlang gegangen, ihre Art, ihm die passende Antwort zu geben. Er beobachtete, wie sie mit entschlossenen Schritten in die Benderstraße bog, die Taschenlampe fest umklammert. Er lächelte. Das war genau das, was ihm gleich zu Beginn an ihr gefallen hatte, ihre Sturheit, ihre Zielstrebigkeit, und die gehörige Portion Naivität, mit der sie sich Hals über Kopf in eine Sache stürzte.

Hastig eilte er ihr nach. Katrin stand bereits vor einem gelb gestrichenen Mietshaus und studierte die Fensterfront.

»Alles dunkel«, flüsterte sie, als Manfred ankam. »Da ist niemand mehr wach.«

Manfred streifte sich ein Paar Handschuhe über und fingerte ein kleines silbernes Werkzeug aus seiner Hosentasche. Er warf einen hastigen Blick über die Schulter. Alles war menschenleer und still. In der Ferne hörte er ein einzelnes Auto mit überhöhter Geschwindigkeit in Richtung Innenstadt rasen. Er richtete seinen Blick auf das Haustürschloss und machte sich mit geschickten Handgriffen daran zu schaffen.

Katrin leuchtete ihm mit der Taschenlampe. In weniger als zwanzig Sekunden hatte er es geschafft. Das Schloss klickte leise und die Tür schwang auf. Kurz darauf standen beide in dem fast stockdunklen Hausflur. Manfred sah sich einen Augenblick lang unentschlossen um.

»Hier entlang«, wisperte Katrin fast lautlos und richtete den Lichtkegel der Taschenlampe auf die Treppe. So leise, wie sie konnten, stiegen sie hinauf. Trotzdem waren sie in der Stille des nächtlichen Treppenhauses deutlich zu hören. Die alten Holzstiegen knarrten bei jedem Schritt. Manfred hoffte, dass die Bewohner alle einen tiefen Schlaf hatten. Dann standen sie vor Erik Steins Wohnungstür. Ein Polizeisiegel prangte im Türspalt. Manfred warf einen flüchtigen Blick auf Katrin, die schweigend die Taschenlampe auf das Schloss richtete. Wieder dauerte es nur wenige Sekunden, bis Manfred Kabritzky die Tür geöffnet hatte. Bevor er in die Wohnung schlüpfte, drehte er sich noch einmal zu Katrin um.

»Und denk dran, bloß nichts anfassen«, erinnerte er sie.

Sie betraten die karge, spärlich möblierte Diele. Manfred drückte behutsam die Tür zu. Ein muffiger Geruch schlug ihnen entgegen. Die Straßenbeleuchtung und der bleiche Vollmond tauchten die Wohnung in gespenstisches Licht.

Manfred beugte sich über den Schirmständer, der direkt neben der Tür stand und griff hinein. Erleichtert atmete er auf. Die Polizei hatte das Diktiergerät nicht gefunden. Manfred wusste, dass er ein wenig zu weit gegangen war, und ihm war klar, dass Halverstett sicher stinksauer geworden wäre, wenn er etwas bemerkt hätte. Der Journalist hätte sich nur ungern den Zorn des Kommissars zugezogen, dem er so manchen wertvollen Hinweis verdankte.

Manfred folgte Katrin, die im Badezimmer verschwunden war. Hier war der Gestank beinahe unerträglich. Katrin drehte sich zu ihm um. Sie deutete auf die Badewanne.

»Hat man ihn hier –«, sie stockte.

Manfred nickte.

»Er lag in der Wanne voller Wasser. Die ganze Nacht. War total aufgequollen. Dabei war er sowieso ziemlich dick. Kein besonders appetitlicher Anblick, wenn du mich fragst.«

Er bat Katrin um die Taschenlampe. Gewissenhaft leuchtete er den kleinen Raum ab. Obwohl es äußerst unwahrscheinlich war, dass die Polizei irgendwelche Spuren übersehen hatte, hoffte er dennoch, etwas zu entdecken, das als Aufhänger für eine gute Story dienen könnte. Aber er fand nichts. Vielleicht hielt ja das Diktiergerät interessante Informationen bereit.

Manfred drehte sich um. Er musterte Katrin, die mit erkennbarem Unbehagen im Türrahmen des kleinen Badezimmers stand, die Arme eng verschlungen, den Blick wie gebannt auf die verdreckte Badewanne geheftet. Sie schüttelte sich.

86

»Ich schau mich mal in den anderen Räumen um«, erklärte sie dann und wandte sich ab.

Manfred leuchtete noch ein paar Augenblicke lang ziellos im Bad herum, dann beschloss auch er, die anderen Zimmer zu begutachten. Er trat in die Küche und ließ seinen Blick schweifen. Die cremefarbene Resopalküchenfront wirkte ungepflegt und schmierig. Auf dem Tisch lag ein zerfleddertes Exemplar des Morgenkuriers. Der Wasserhahn über dem Spülstein tropfte im Abstand von drei oder vier Sekunden und füllte den Raum mit einem monoton dumpfen Rhythmus.

Plötzlich sprang der Kühlschrank brummend an. Manfred zuckte erschrocken zusammen. Er zögerte kurz, dann öffnete er die Tür und spähte hinein. Eine Woge üblen Gestanks rollte ihm entgegen. Er fuhr mit dem Kopf zurück und musterte den Inhalt aus sicherem Abstand. Zwei Packungen mit Fertiggerichten lagen im oberen Fach. Daneben befanden sich Puddingbecher in den unterschiedlichsten Geschmacksrichtungen. Darunter stand ein Schälchen Butter, an dessen Rändern Reste von Marmelade und einer bräunlichen Paste klebten, vermutlich eingetrockneter Leberwurst. Mehrere angebrochene Packungen Aufschnitt aus dem Supermarkt stapelten sich daneben, sowie ein wackeliger Turm aus Schokoladentafeln. Ganz unten über dem Gemüsefach lagen vier Flaschen Altbier.

Der widerwärtige Gestank ging offensichtlich von einem verschimmelten Stück Käse aus, das auf den Bierflaschen lag. Es war in Klarsichtfolie verpackt, so dass man den pelzigen, graugrünen Belag deutlich erkennen konnte. Neben dem Käse lag ein anderes kleines Päckchen. Es handelte sich um eine zusammengefaltete, gelbe Plastiktüte, deren Inhalt man nicht erkennen konnte.

Manfred rümpfte die Nase und schlug die Kühlschranktür zu. Obwohl er den Bruchteil einer Sekunde lang Neugier verspürt hatte, nachzusehen, was sich in der gelben Tüte befand, überwog letztendlich der Ekel. Vermutlich war auch darin etwas zu essen eingewickelt, vielleicht Wurst oder Fisch, das das Verfallsdatum längst überschritten hatte. Er atmete tief durch und marschierte in Richtung Wohnzimmer.

Auf der Türschwelle stockte er und blieb einen Moment lang fasziniert stehen. Katrin stand reglos mitten im Zimmer, und das blasse Mondlicht schien durch das Fenster herein und umrahmte ihre Konturen. Dann fiel sein Blick auf den Gegenstand, den sie in den Händen hielt, und er stieß einen Laut der Empörung aus. Er machte einen Schritt auf sie zu.

»Du solltest doch nichts anfassen«, zischte er wütend. »Das hier ist kein Spaß, sondern Einbruch! Und dazu noch in eine von der Polizei versiegelte Wohnung.«

Katrin fuhr erschrocken herum. Sie setzte zu einer Antwort an, als ein Geräusch im Treppenhaus sie erneut zusammenfahren ließ. Auch Manfred hatte es gehört. Irgendetwas kratzte und schabte an der Wohnungstür. Katrin starrte wie gebannt in Richtung Diele. Die Wohnzimmertür lag genau gegenüber der Wohnungstür. Wer auch immer die Wohnung gleich betreten würde, hatte sie genau im Blickfeld. Plötzlich gab es ein leises Klicken und die Tür bewegte sich. Jetzt endlich erwachte Katrin aus ihrer Erstarrung und hastete in die andere Ecke des Raumes. Sie presste sich in den Spalt zwischen der Schrankwand und der Fensterfront.

Manfred hatte sich ebenfalls sekundenlang nicht gerührt und huschte jetzt im letzten Augenblick in die andere Fensterecke hinter einen Vorhang, der bis fast zum Boden reichte.

Katrin lauschte atemlos den Schritten, die zielstrebig Richtung Küche verschwanden. Sie sah kein Licht. Der Eindringling hatte offensichtlich keine Taschenlampe dabei. Oder er wagte es nicht, sie zu benutzen. Ob das der Mörder war? Hatte er gesehen, dass das Polizeisiegel nicht mehr unversehrt war? Was wollte er überhaupt hier in der Wohnung?

Katrin schloss die Augen und konzentrierte sich auf die Laute, die aus der Küche drangen. Sie hörte ein Klappern, das Geräusch eines verrückenden Stuhls und dann ein unterdrücktes Fluchen. Die Kühlschranktür öffnete und schloss sich wieder. Dann näherten sich Schritte und verstummten in der Diele. Der Mann war offensichtlich im Begriff, die Wohnung wieder zu verlassen. Sekundenlang hörte sie nichts.

Plötzlich erschütterte ein Geräusch die Stille. Ein unterdrücktes Niesen. Es war nicht sehr laut, aber in der vollkommen stillen Wohnung dröhnte es ohrenbetäubend.

Katrin warf einen panischen Blick auf die gegenüberliegende Seite des Raumes und sah, wie Manfred sich mit den Fingern die Nase zuhielt, um ein weiteres Niesen zu unterdrücken. Ihr wurde heiß. Sie spürte, wie der Schweiß aus ihren Poren in ihre Kleidung kroch.

Dann näherten sich Schritte aus der Diele. Jemand betrat das Wohnzimmer und blieb mitten im Raum stehen. Sekundenlang rührte sich nichts. Katrin starrte auf Manfreds Füße, die deutlich sichtbar unter dem Vorhang hervorlugten. Sie presste den Gegenstand, den sie aus Erik Steins Regal genommen hatte, fest an ihre Brust und versuchte so lautlos wie möglich zu atmen. Trotzdem hatte sie das Gefühl, wie eine Dampflokomotive zu schnaufen. Dann bewegte sich der Mann auf die Schrankwand zu. Katrin sah ihn wie einen schwarzen Schatten näher kommen. Mit einem Mal machte er eine ruckartige Bewegung, stieß einen wütenden Laut aus und schwankte genau auf Katrin zu. Sie war wie gelähmt. Selbst wenn sie sich hätte bewegen wollen, ihre Glieder hätten ihr den Dienst versagt.

Es gab ein lautes Ächzen, als der Mann gegen den Schrank schmetterte, seine Hand landete Millimeter neben Katrins Kopf an der Wand, wo er versuchte, sich abzustützen, um den Fall zu bremsen. Katrin wusste, was passiert war. Auf dem Boden stand ein kleiner Hocker. Sie wäre selbst wenige Minuten zuvor beinahe darüber gestolpert. Während der Körper des Einbrechers gegen die Schrankkante geprallt war, war seine Hand weitergerutscht und direkt neben ihrer rechten Wange gelandet.

Der Mann stützte sich jetzt mit seinem vollen Gewicht auf die Hand. Katrin spürte ein schmerzhaftes Ziehen auf ihrer Kopfhaut. Der Kerl hatte eine Strähne ihrer

90

Haare erwischt und je fester er sich aufstützte, desto mehr zerrte daran.

Der Mann atmete schwer. Katrin hörte das Schnaufen dicht an ihrem Ohr. Im blassen Mondlicht sah sie seine Hand direkt neben ihrem Kopf. Er trug einen Handschuh. Sie konnte das Leder riechen. Die kurzen Haare auf dem Stück Arm, das zwischen Handschuh und Ärmel hervorlugte, schienen spärlich zu wachsen und recht hell zu sein.

Katrin wagte es nicht, den Blick in seine Richtung zu lenken, sonst hätte sie womöglich ein Stück von seinem Gesicht gesehen. Allerdings würde er vermutlich gleich ihr Gesicht sehen. Noch versperrte die Schrankwand ihm die Sicht. Aber wenn er den Kopf nur ein wenig nach rechts bewegte, würde er Katrin unmittelbar in die Augen blicken.

Katrin hielt die Luft an. Am liebsten hätte sie sogar ihren Herzschlag angehalten. Aus den Augenwinkeln sah sie, wie Manfred die Hand mit der Taschenlampe langsam anhob. Die Zeit stand still. Sekundenlang geschah nichts. Irgendwo im Hinterhof fauchte mit einem Mal eine Katze, dann flatterte etwas. Der Kopf des Eindringlings fuhr herum. Er starrte Richtung Fenster. Dann endlich zog er seine Hand weg und machte einen Schritt zurück. Er humpelte in die Diele. Katrin hörte ein Knistern, dann das Klicken der Wohnungstür und schließlich langsam verhallende Schritte im Treppenhaus.

Manfred huschte aus seinem Versteck hinüber zu Katrin, die Taschenlampe immer noch fest umklammert.

»Bist du okay?«, fragte er mit besorgtem Blick. Sie nickte stumm. Sie war immer noch wie gelähmt, unfähig sich zu rühren oder auch nur den Mund zu öffnen. Manfred schwang energisch die Lampe.

»Der hätte dir nichts tun können«, versicherte er mit resoluter Stimme. »Der wäre nicht einmal dazu gekommen, dich auch nur anzugucken.«

Dann ließ er unvermittelt die Lampe sinken. Er hastete in die Küche und riss die Kühlschranktür auf. Die gelbe Tüte war verschwunden.

11

Es war zwanzig nach vier, als Manfred Katrin vor ihrer Haustür absetzte. Er hatte vor, sich sofort an seinen Artikel zu setzen, und wollte deshalb direkt weiter in seine Wohnung fahren. Katrin hingegen wollte nur noch ins Bett. Sie war hundemüde und ausgelaugt, und der Schock saß ihr immer noch tief in den Gliedern. Nicht auszudenken, was hätte passieren können, wenn der Eindringling sie entdeckt hätte. Was hatte er wohl aus dem Kühlschrank mitgenommen? Manfred hatte ihr von der Plastiktüte erzählt. Etwas zu essen? Warum sollte jemand Lebensmittel aus einem Kühlschrank stehlen? Ja, sogar extra dafür einen Einbruch begehen? Katrin schloss nachdenklich die Haustür auf und trat ins Treppenhaus. Sie tastete nach dem Lichtschalter, überlegte es sich jedoch anders. Bevor sie die Tür zufallen ließ, drehte sie sich noch einmal um. Manfred hatte gewartet, bis sie im Haus war, jetzt winkte er kurz und gab Gas. Der dunkelgrüne Landrover sauste mit quietschenden Reifen davon.

Katrin ließ die Tür ins Schloss fallen und stieg die Treppe hinauf. Was, wenn der Inhalt des Päckchens vergiftet gewesen war? Vielleicht hatte der Täter sein Tatwerkzeug geholt, um es verschwinden zu lassen. In der Pressemitteilung der Polizei war zwar die Rede von

Pralinen gewesen, die man im Badezimmer gefunden hatte. Aber zu dem Zeitpunkt hatten noch keine Untersuchungsergebnisse aus dem Labor vorgelegen. Trotzdem machte es keinen Sinn. Warum sollte der Mörder die Tüte mitgehen lassen? Es war doch sowieso klar, dass Erik Stein vergiftet worden war. Das ließ sich nicht mehr vertuschen. Wozu also der Aufwand? Es konnte nur eine Erklärung geben: Die Tüte oder ihr Inhalt mussten irgendeinen Hinweis auf die Identität des Täters bergen. Wie blöd, dass Manfred nicht hineingesehen hatte.

Oder – Katrin stockte der Atem – oder die drei Todesfälle, Claudia Heinrichs Selbstmord, Andreas Schäfers Unfall und jetzt dieser Mord, hingen tatsächlich auf irgendeine rätselhafte Weise zusammen, und etwas in dieser Tüte belegte das. Katrin blieb wie gebannt stehen, als sie das dachte. War das nicht eine zu gewagte Gedankenspielerei? Dann seufzte sie. Was auch immer es war, sie hatte die Gelegenheit verpasst, es herauszufinden. Jetzt war es zu spät. Die Tüte war weg.

Sie stieg weiter die Stufen hoch bis in den zweiten Stock und blieb plötzlich wie angewurzelt stehen, als sie auf dem letzten Stück Treppe vor ihrer Wohnung ankam. Ihre Freundin Roberta saß auf dem Boden, mit dem Rücken an die Wohnungstür gelehnt. Rechts und links von ihr lagen Tommy und Johanna, tief schlafend, den Kopf auf ihrem Schoß. David schlief eng zusammengerollt auf einer Decke daneben, einen abgewetzten Stoffteddy im Arm und den linken Daumen im Mund. Neben den vieren standen ein Koffer und eine Reisetasche, zwei Schultornister sowie eine riesige Tüte, aus der ein rotgelber Plastikbagger herausragte.

Roberta sah Katrin an. Ihr Blick verriet Kummer und Erschöpfung, aber auch eine Spur Erleichterung.

»Ich hatte schon befürchtet, du würdest die ganze Nacht wegbleiben. Ich habe bei Manfred angerufen, dein Handy, seins, ich habe keinen erreicht.«

»Wir hatten die Handys ausgestellt«, erklärte Katrin knapp. Dann musterte sie ihre Freundin schweigend. Sie hockte sich neben sie auf den Boden.

»Peter?«

Roberta nickte nur. Katrin erhob sich wieder und schloss die Tür auf. Gemeinsam verfrachteten sie die drei schlafenden Kinder in Katrins Bett. Dann klappten sie die Wohnzimmercouch aus. Katrin kramte zusätzliche Decken und Kissen aus dem Schlafzimmerschrank, und Roberta kochte eine riesige Kanne Tee. Nebeneinander machten sie es sich auf der Schlafcouch bequem. Sie schlürften schweigend ihren Tee. Schließlich begann Roberta zu erklären.

»Er ist vorgestern Nacht überhaupt nicht nach Hause gekommen. Erst morgens um kurz vor sieben, als ich gerade die Kinder wecken wollte, stand er plötzlich vor der Tür. Du kannst dir denken, wie ich mich gefühlt habe. Er sagte, dass es seinem Freund sehr schlecht ginge, dass er ihn nicht allein lassen wollte. Ich habe verlangt, dass er mir mehr erzählt. Ich habe mir schließlich Sorgen gemacht. Er bleibt einfach die ganze Nacht weg und ich habe keine Ahnung, wo er steckt oder ob vielleicht was passiert ist. Aber er hat nur gesagt, dass er diesem

Freund sein Wort gegeben hat, nichts zu erzählen, und dass ich ihm vertrauen müsse. Ich bin wütend geworden. Da taucht so ein Kerl aus dem Nichts auf, ist plötzlich der beste Freund und wichtiger als die Familie. Das ist doch vollkommen absurd. Ich glaube ihm kein Wort.«

Roberta machte eine wütende Bewegung mit dem Arm und der Tee schwappte über den Tassenrand. Dann fuhr sie sich mit den Fingern durch die kurzen, blonden Haare und starrte finster vor sich hin.

Katrin musste plötzlich an ihren ersten Schultag auf dem Schiller-Gymnasium denken. Sie war die einzige Schülerin aus Niederkassel gewesen. Sie hatte niemanden in der neuen Klasse gekannt und sich sehr fremd gefühlt. Die anderen schienen sich alle schon seit ewigen Zeiten zu kennen, lachten und alberten herum. Sie mussten sich nacheinander vorstellen. Neben ihr saß ein schlaksiges, blondes Mädchen mit riesigen blauen Augen, die viel zu groß für das zarte, schmale Gesicht waren. Sie hieß Roberta, was Katrin ziemlich unpassend fand. Roberta passte zu einer dunkelhaarigen, temperamentvollen Italienerin, aber nicht zu diesem stillen, blonden Mädchen. Roberta schien sich ebenfalls nicht besonders wohl in ihrer Haut zu fühlen. Sie fixierte verlegen und mit hochroten Wangen die Stuhlreihe vor ihr, während sie ihren Namen nannte. Ein Junge mit weißem Poloshirt und dicker Brille stellte sich als Sebastian Schlecker vor und verkündete lautstark seine Vorfreude auf all das, was er an der neuen Schule lernen würde.

»Kotzbrocken«, murmelte Roberta und lächelte Katrin an, und von dem Tag an waren sie unzertrennlich.

Katrin griff nach Robertas Hand. »Du kannst so lange hier bleiben, wie du willst.«

Roberta sah sie an. »Ich habe ihn vor die Alternative gestellt. Entweder er erzählt mir die ganze Geschichte oder ich ziehe aus. Er ist ausgerastet, hat was von gegenseitigem Vertrauen gefaselt und ist aus dem Haus gestürmt. Ich habe den Rest des Tages nichts von ihm gehört. Als er dann gestern Abend um zehn Uhr immer noch nicht da war, habe ich gepackt.«

Hauptkommissar Klaus Halverstett lehnte sich in seinem Stuhl zurück und starrte gedankenverloren aus dem Fenster.

»Wie wahrscheinlich ist es, dass in Düsseldorf ein geisteskranker Serienmörder rumläuft, der seine Opfer auf die verschiedensten Arten erstickt?«

Rita Schmitt blickte von ihrer Lektüre auf. Sie schob den Autopsiebericht zur Seite, den sie jetzt bereits zum dritten Mal durchlas, in der Hoffnung, auf einen Hinweis zu stoßen, der ihrer Aufmerksamkeit bisher entgangen war.

»Du hältst es also auch für möglich, dass die drei Todesfälle zusammenhängen?«

Halverstett brummte missmutig und tupfte sich den Schweiß von der Stirn, der ihm bereits beim Anblick des azurblauen Himmels aus allen Poren sickerte. Dann erklärte er: »Nein, das halte ich eigentlich für vollkommen abwegig. Dafür sind die drei Fälle viel zu verschieden. Aber ich würde die Möglichkeit gern definitiv ausschließen. Ich wünschte, wir hätten einen richtig schönen Verdächtigen mit einem astreinen Motiv. Einen gierigen Erben, der dringend Geld braucht, oder einen eifersüchtigen Ehemann, dessen Frau ein Verhältnis mit Stein hatte. Das wäre der Idealfall. Dann bräuchten wir ihm den Mord an Erik Stein nur nachzuweisen und könnten die beiden anderen Toten ruhen lassen. Auch wenn ich bei Claudia Heinrichs Selbstmord nach wie vor ein ungutes Gefühl habe. Aber auch in diesem Fall fehlt jegliches Tatmotiv. Niemand profitiert auch nur im Geringsten von ihrem Tod. Das macht alles keinen Sinn. Und dieser Erik Stein scheint überhaupt kein Privatleben gehabt zu haben. Er scheint überhaupt kein Leben gehabt zu haben. Arbeitslosigkeit, Alkoholismus, keine Freunde, kaum Kontakte. Ich frage mich, was der den ganzen Tag gemacht hat. Wahrscheinlich nur gesoffen und Essen in sich reingestopft. Eigentlich ist er ein ideales Opfer. Wenn der Zufall nicht mitgespielt hätte, dann wäre sein Tod vermutlich wochenlang unentdeckt geblieben.«

»Das spricht jedenfalls eher nicht für einen Serientäter, oder? Die wollen doch, dass man ihrer Spur folgt.«

»Eben. Und die täuschen auch normalerweise keine Selbstmorde vor. Sonst würden sie sich ja all die Mühe umsonst machen. Wenn niemand den Mord entdeckt, ist der Zweck ihrer Tat nicht erfüllt.«

Rita Schmitt fuhr nachdenklich mit den Fingern über die Tastatur ihres Computers. »Und wenn das jetzt doch alles drei Suizide waren? Stein kann das Gift ja schließlich auch selbst in die Pralinen injiziert haben. Vielleicht wollte er seinen Tod so richtig zelebrieren.«

98

Halverstett schüttelte den Kopf. »Das passt nicht zu dem Mann. Du hast doch die Wohnung gesehen. Wie spartanisch der gehaust hat. So einer macht doch nicht plötzlich ein Fest aus seinem Tod.«

Wieder schwiegen beide. Rita Schmitt polierte weiter nachdenklich mit den Fingern die Tasten des Computers, und Halverstett stand auf und befühlte mit den Fingern die Erde in den Kakteentöpfen auf der Fensterbank. Sie mussten mal wieder gegossen werden.

Das Telefon schreckte beide aus ihren Gedanken. Halverstett hob ab.

»Was? Wann denn? Und ist irgendwas aus der Wohnung entfernt worden?«

Einen Moment lang lauschte er der Stimme am anderen Ende der Leitung.

»Was war denn da drin?«

Halverstett schnaubte ungehalten. »Was soll das heißen, du hast keine Ahnung?!« Wieder hörte der Kommissar eine Weile schweigend zu, dann murmelte er etwas Unverständliches und legte auf.

»Und?« Rita Schmitt sah ihn erwartungsvoll an.

»Jemand ist heute Nacht in die Wohnung von Erik Stein eingebrochen. Soweit die Kollegen feststellen konnten, fehlt nichts außer einem Paket aus dem Kühlschrank.«

»Wie bitte?« Rita Schmitt runzelte die Stirn.

Halverstett grinste bitter. »Es kommt noch besser. Die Kollegen haben keine Ahnung, was drin war. Sie haben zwar einen Blick in den Kühlschrank geworfen, als sie die Wohnung untersucht haben, und dort das Päckchen

99

gesehen. Aber keiner hat sich weiter damit beschäftigt, weil der ganze Kühlschrank so erbärmlich gestunken hat. Unbegreiflich, eine solche Schlamperei.«

Rita Schmitt sah Halverstett herausfordernd an.

»Und? Spricht das jetzt eher für den Serientäter oder für die Beziehungstat? Oder vielleicht doch für eine zufällige Selbstmordserie?«

Halverstett zuckte ratlos mit den Schultern. »Ich denke, wir sollten eine Wette abschließen«, schlug er schließlich vor und grinste, »und wer verliert, der hat ein Jahr Kakteenpflegedienst.«

Mit diesen Worten schnappte er sich das Glas Wasser, das auf seinem Schreibtisch stand und verteilte die Flüssigkeit gerecht auf die sechs kleinen Pflänzchen, die sich vor dem Fenster sonnten.

12

»Die ist ja wohl vollkommen hysterisch.« Manfred Kabritzky knallte sein leeres Bierglas auf die Theke und schüttelte heftig den Kopf. Ein paar junge Männer an einem kleinen Tisch in der Nähe, die eben noch in eine hitzige Diskussion über die zweifelhaften Leistungen diverser Fußballprofis vertieft gewesen waren, verstummten mit einem Mal und gafften ihn mit unverhohlener Neugier an.

»Was genau meinst du mit hysterisch, wenn ich fragen darf?«

Katrin verschränkte die Arme und starrte ihn an. Sie versuchte, die sensationslüsternen Blicke der jungen Männer zu ignorieren, aber sie spürte, wie ihr die Röte ins Gesicht schoss. Die Wut stieg wie ein aufkommender Sturm in ihr hoch. Es sah ihm ähnlich, so verständnislos zu sein. In diesem Moment sah sie ihn mit den Augen, mit denen sie ihn betrachtet hatte, als sie ihn noch nicht so gut kannte, sah sie den unsensiblen, nicht gerade einfühlsamen Klatschreporter, der für eine spektakuläre Schlagzeile die Grenzen des guten Geschmacks ebenso wie die Gefühle anderer Menschen missachtete.

Manfred machte eine vage, wegwerfende Handbewegung.

»Peter hat ihr doch genau gesagt, was los ist. Ein Freund hat Probleme und braucht seine Hilfe. Muss sie denn jedes Detail wissen? Ihr Frauen habt doch auch Geheimnisse vor uns. Oder erzählst du mir etwa alles, was du mit Roberta bequatschst?«

»Das ist doch nicht dasselbe.«

»Warum denn nicht?! Sind eure Geheimnisse etwa besser als unsere?«

»Quatsch. Aber ich bleibe nicht einfach die ganze Nacht weg, um mit Roberta zu reden. Ich lasse nicht meine Familie allein.«

»Du hast ja auch keine.« Manfred fixierte Katrin wütend. »Kannst du dir nicht vorstellen, dass der Typ einfach mal seine Ruhe haben will, ein paar Bierchen mit Freunden trinken, ein bisschen quatschen, ohne Frau und Kinder?«

»Bis sieben Uhr morgens?«

»Ja und?!«

»Ihr scheint uns ja für ziemlich blöd zu halten.«

»Wieso ihr? Was hab ich denn gemacht? Das ist auch wieder so ne typische Frauenmasche. Ein Typ macht was, das euch nicht in den Kram passt, und prompt sind alle Kerle Schweine. Ich habe dir doch wohl nichts getan.«

»Doch.« Katrins Stimme wurde leiser. Sie kämpfte gegen die Tränen an, die ihr gegen ihren Willen in den Augen brannten. »Doch, das hast du wohl. Du hast dich auf die falsche Seite gestellt.«

Sie schnappte sich ihre Handtasche und stürmte aus der Kneipe, ohne sich noch einmal umzusehen. Wut und

102

Enttäuschung schnürten ihr die Kehle zu. Am liebsten hätte sie laut geschrien.

Manfred Kabritzky seufzte, zuckte die Schultern und bestellte sich ein weiteres Alt. Der Kellner füllte ein Glas, stellte es ihm vor die Nase und schenkte ihm einen vielsagenden Blick.

»Die beruhigt sich schon wieder. Die beruhigen sich alle wieder. Die brauchen das gelegentlich.«

Er zwinkerte verschwörerisch.

Die jungen Männer am Tisch brachen in zustimmendes Gemurmel aus.

Manfred glotzte den Kellner ungläubig an, dann kramte er schweigend das Geld für das Bier aus der Tasche, warf es auf die Theke und hastete ebenfalls hinaus.

Katrin bog in die Antoniusstraße ein und parkte auf der rechten Seite vor dem Haus Nummer sieben. Sie stieg aus dem Wagen und schlug die Tür zu. Es war elf Uhr vormittags.

Sie blickte sich suchend um. Weit und breit war kein Mensch zu sehen. Die Straße war äußerst schmal und kurz und hatte einen kleinen Knick in der Mitte. Die vordere Hälfte der linken Straßenseite wurde von einer wuchtigen alten Kirche eingenommen, die mit ihren dicken, grauen Mauern und Türmen eher an eine mittelalterliche Trutzburg erinnerte als an ein Gotteshaus.

Katrin schritt gemächlich die Straße hinunter. Erst jetzt wurde ihr bewusst, dass sie sich gar nicht überlegt hatte, wie sie die Sache angehen wollte. Zögernd blieb sie einen Augenblick lang vor einer Haustür stehen und überlegte, ob sie einfach irgendwo schellen sollte. Sie war hierher gefahren, um sich ein Bild von Claudia Heinrichs Kindheit zu machen. Sie war neugierig geworden, wollte eine Spur finden von dem kleinen Mädchen auf dem Foto, das so unbeschwert frech in die Kamera lachte, und vielleicht auch eine Erklärung für das, was vor zwei Wochen mit ihr geschehen war. Hier auf dieser Straße war Claudia aufgewachsen. Das hatte Thomas erzählt. Allerdings wohnte mittlerweile längst niemand aus ihrer Familie mehr hier. Nachdem ihre Mutter eines Tages einfach verschwunden war, blieb Claudia mit ihrem Vater allein. Sie zog erst fort, als sie Thomas Heinrich heiratete. Claudias Vater war wenige Jahre später gestorben, vermutlich aus Verbitterung darüber, dass die zwei Frauen in seinem Leben ihn beide im Stich gelassen hatten. So hatte zumindest Thomas' zynischer Kommentar gelautet.

Aber Katrin war nicht nur wegen Claudia hier. Noch ein anderer Gedanke spukte in ihrem Kopf herum, der sich einfach nicht abschütteln ließ. Drei Menschen waren in den letzten Tagen in Düsseldorf gewaltsam zu Tode gekommen, und obwohl ihr Verstand ihr immer wieder klarmachte, dass die drei Fälle nicht das Geringste miteinander zu tun haben konnten, beharrte ihr Instinkt hartnäckig darauf, dass es womöglich doch eine Verbindung gab. Wenn sie also in einem dieser Todesfälle auf eine Spur stieß, so glaubte sie, dann würde sich vielleicht dadurch eine Verbindung zu den beiden anderen ergeben.

»Na, zu wem wollen Sie denn?«

Eine alte Frau war unvermittelt hinter Katrin aufgetaucht und klapperte mit dem Haustürschlüssel. Sie war ein korpulenter, mütterlicher Typ, trug ein geblümtes Kleid, und ihre Haare waren zu einem altmodischen Knoten frisiert, der in einem Haarnetz steckte. Auf ihrem Gesicht strahlte ein herzliches Lächeln.

»Hat Claudia Heinrich, ich meine Claudia Wildmeister, so hieß sie damals, nicht früher hier mal gewohnt?«

Katrin war auf die Schnelle nichts Besseres in den Sinn gekommen, als einfach mit der Tür ins Haus zu fallen, aber das Gesicht der Frau verriet ihr, dass das kein guter Anfang war. Vermutlich hielt sie Katrin für eine aufdringliche Klatschreporterin oder sonst eine unangenehme, neugierige Person, die aus dem Schicksal anderer Profit zu schlagen suchte.

»Warum wollen Sie das wissen?« Das Lächeln war erloschen und das faltige Gesicht hatte sich misstrauisch verzogen.

»Claudia war so eine Art Tante für mich.« Katrin fühlte sich etwas unwohl bei dieser Behauptung. Sie hatte zwar Thomas Heinrich immer als so etwas wie einen Onkel empfunden, aber zu Claudia hatte sie keine engere Beziehung gehabt. Sie kam sich vor wie eine Lügnerin. Die Frau sah Katrin überrascht an. Dann wurde ihr Blick ernst.

»Sie hat sich das Leben genommen, nicht wahr? Ich hab's in der Zeitung gelesen. Das arme Kind.« Sie starrte auf den Schlüssel in ihrer Hand. Dann blickte sie wieder zu Katrin. »Und was wollen Sie hier?«

»Claudia hat mir ein paar Dinge hinterlassen. Schmuck. Und auch ein paar Fotos aus ihrer Kindheit. Ich war einfach neugierig, wollte wissen, wo die aufgenommen wurden. Ich glaube, dass das hier im Garten hinter dem Haus gewesen sein muss. Wohnen Sie schon länger hier? Kannten Sie sie?«

Die alte Frau nickte gedankenverloren und ihr Blick schweifte in die Ferne. »Sie war ein wildes Mädchen. Wild und verrückt. Immer mit den Jungens unterwegs.« Sie lächelte versonnen. Dann sah sie Katrin an.

»Na, dann kommen Sie mal mit rein. Hier draußen ist es viel zu heiß zum Reden.« Sie schloss die Haustür auf.

»Nein, das ist wirklich nicht nötig«, wehrte Katrin ab.

»Nun, komm schon, Kind, hier draußen hält es ja kein Mensch aus.« Sie hielt die Haustür auf, als duldete sie keinen weiteren Protest. »Mein Name ist Erna Fassbender, Kindchen, und wie heißen Sie?«

»Katrin Sandmann. Thomas Heinrich, Claudias Mann, ist ein Studienfreund meines Vaters.«

Erna Fassbender führte Katrin durch eine kühle, geräumige Diele im Parterre des Mietshauses in eine enge, schmale Küche mit Blick auf einen kleinen Garten. Katrin warf einen Blick durch das Fenster. Eine baufällige Mauer aus Ziegelsteinen und ein paar hohe, alte Bäume säumten das Grundstück, und auf dem gelblich vertrockneten Rasen standen rostige Metallstangen, zwischen denen eine rote Wäscheleine gespannt war. Ein halbes Dutzend hölzerne Wäscheklammern verteilten sich in unregelmäßigen Abständen darauf wie einsame Wachposten im Niemandsland. Katrin musterte den Garten interessiert. Ob dies der Ort war, an dem vor dreißig Jahren das Foto gemacht worden war? Das Bild, das sie in ihrer Tasche trug und von dem sie sich erhoffte, dass es den Schlüssel zu Claudias rätselhafter Persönlichkeit und zu ihrem tragischen Tod verbarg?

»Möchten Sie etwas trinken? Ich hab allerdings nicht viel im Haus. Nur Sprudelwasser.« Erna lächelte Katrin entschuldigend an und rückte ihr einen Küchenstuhl zurecht. Katrin setzte sich.

»Machen Sie sich keine Umstände. Ein Wasser wäre schön.«

Nachdem Erna Fassbender Katrin ein Glas Wasser hingestellt hatte, setzte sie sich zu ihr an den Tisch. Katrin sah sich neugierig in der Küche um. Dann fragte sie:

»Erinnern Sie sich gut an Claudia?«

»Ja, natürlich. Sie war ein nettes Mädel. Ein bisschen wild halt, aber gut erzogen. Sie hat immer mit den Jungs gespielt. Die Kinder hatten damals so was wie eine Bande, einen Club oder so.« Sie lächelte.

Katrin kramte das vergilbte Foto aus ihrer Handtasche und hielt es Erna Fassbender hin. »Sind das die Kinder? Claudia und ihre Freunde?«

Erna Fassbender hielt sich das Bild dicht vor das Gesicht. »Das könnte schon sein. Ich kann leider nicht viel erkennen. Warten Sie, ich hole meine Lesebrille.«

Sie stand auf und schlurfte aus der Küche. Katrin fiel auf, dass sie für ihr Alter und ihre behäbige Figur recht beweglich war. Sie mochte achtzig oder sogar älter sein. Erna kam zurück. In der Hand hielt sie ein schwarzes Etui. Sie ließ sich wieder auf dem Stuhl nieder und öffnete es umständlich. Dann setzte sie sich eine schmale Brille mit silberner Fassung auf die Nase. Sie griff nach dem Foto und begutachtete es erneut.

»Ja, das ist Claudia«, murmelte sie dann, »so ein verrücktes Mädel. Immer draußen auf der Straße, immer mit der Bande unterwegs.« Sie seufzte.

»Was ist mit den anderen?«, fragte Katrin vorsichtig.

Erna Fassbender studierte das Foto eingehend. »Das könnte der Junge sein, der direkt nebenan gewohnt hat. Wie hieß er noch?« Sie tippte mit der Fingerspitze auf den Jungen, der ganz am Rand der Gruppe stand. »Ach, ich komme nicht mehr drauf. Die sind weggezogen. Ich weiß es nicht mehr. Aber Angelika erinnert sich bestimmt.« Sie zögerte kurz. Dann wurden ihre Gesichtszüge plötzlich starr. Sie schob das Foto über die Tischplatte zu Katrin. »Sie sollten das Foto wegpacken«, erklärte sie abrupt.

»Warum?«, fragte Katrin überrascht. Mit einer Mischung aus Unbehagen und dem Gefühl, das ein Raubtier haben muss, das eine Fährte wittert, sah sie die alte Frau an. Aber die schüttelte bloß den Kopf.

»Wer ist denn Angelika?«

Erna Fassbender schüttelte wieder den Kopf. »Lassen Sie mir bloß Angelika damit in Ruhe. Die hat auch so genug Kummer. Der Mann macht ihr das Leben zur Hölle. Und dann der Bruder...«

Katrin sah die alte Frau erwartungsvoll an, aber sie starrte nur stumm auf den Tisch. Dann fragte sie plötzlich. »Sie zeigen das Bild doch nicht Angelika?«

»Warum nicht?«

»Ist nicht wichtig, nicht für Sie. Lassen Sie sie nur einfach in Ruhe damit. Sie sind doch ein liebes Mädel, nicht wahr?« Sie tätschelte Katrins Hand. Katrin nickte zustimmend. Im Stillen aber nahm sie sich vor herauszufinden, wer diese Angelika war. Sie hatte das unbestimmte Gefühl, dass es doch wichtig für sie sein könnte. Dann sagte sie: »Ich kann Ihnen nicht genau erklären warum, aber ich muss die Namen der anderen Kinder herausfinden. Würden Sie sich denn das Bild noch einmal ansehen? Ich bin Fotografin. Ich mache eine Vergrößerung, dann können Sie die Gesichter besser erkennen.« Sie sah die alte Frau erwartungsvoll an.

»Also, Kindchen, ich weiß nicht.« Sie schüttelte sorgenvoll den Kopf. »Man soll die Vergangenheit ruhen lassen.«

»Welche Vergangenheit?«

Erna Fassbender schüttelte nur wieder den Kopf. »Also gut, Mädel. Bringen Sie mir das vergrößerte Foto, und ich werde sehen, ob ich Ihnen helfen kann. Aber ich weiß nicht, ob ich mich an alle Namen erinnere.«

Als Katrin gegen zwölf aus der Tür trat, bemerkte sie eine Bewegung hinter der Gardine im Parterre des Hauses, das sie gerade verlassen hatte, und sie wusste, dass die alte Frau sie beobachtete. Langsam schlenderte sie die Straße entlang zu ihrem Golf. Sie war sicher, dass es Erna Fassbender lieber wäre, sie würde nicht wiederkommen. Und sie war fest entschlossen herauszufinden, warum.

13

»Was ist denn das?« Klaus Halverstett drehte das Blatt Papier hin und her, das ihm ein Kollege auf den Schreibtisch gelegt hatte. Der Mann zuckte mit den Schultern.

»Irgendwas mit 'ner Tüte«, erklärte er. »Sie wüssten Bescheid.« Der Polizist eilte aus dem Büro. Halverstett begutachtete das Blatt erneut. Es enthielt eine ungeschickte Skizze, versehen mit ein paar Anmerkungen am Rand, kaum leserlich mit Bleistift hingekrakelt. Der Kommissar entzifferte die Kommentare. Gelb, blaue Aufschrift, abgenutzt.

»Abgenutzt?« Er stieß das Blatt von sich weg. »Was hab ich davon, zu wissen, dass die Tüte abgenutzt aussah«, schimpfte er verärgert. »Mich interessiert, was drin war.«

Dann stockte er, nahm das Blatt erneut hoch und studierte es stirnrunzelnd. »Verdammt«, murmelte er, während er hastig einen Ordner aus dem Aktenschrank fischte und begann, darin zu blättern. Sekunden später stürmte er aus dem Büro.

»Schmitt! Schmitt!«, rief er laut über den Flur. Seine Kollegin, die in einem anderen Zimmer einen Zeugen befragte, steckte neugierig den Kopf aus der Tür.

»Ist was passiert?«

»Wer von uns hat auf Serientäter gewettet?«

Halverstett grinste triumphierend.

Rita Schmitt starrte ihn fassungslos an. »Was –«

»Nun komm, guck schon.«

Die Polizeibeamtin sagte etwas zu dem Zeugen und trat zu Halverstett auf den Flur.

»Sieh dir das an. Fällt dir was auf?«

Rita Schmitt blickte verwirrt abwechselnd von dem Blatt Papier in Halverstetts Hand zu dem Foto in dem aufgeschlagenen Aktenordner, den er ihr hinhielt.

»Ich glaube, ich weiß nicht genau, was du meinst«, begann sie zögernd.

»Die Tüte«, erklärte Halverstett ungeduldig. »Das ist die gleiche Tüte!«

Rita Schmitt verstand immer noch nicht ganz. Halverstett brummte ungeduldig.

»Das hier«, er wedelte mit der Skizze, »ist eine Zeichnung von der Plastiktüte, die aus Erik Steins Kühlschrank verschwunden ist. Und das –«, jetzt hämmerte er mit dem Finger auf das Foto, »ist die, unter der Claudia Heinrich erstickt ist. Beide Male die Gleiche. Holländisch. Nicht unbedingt allzu häufig in deutschen Haushalten anzutreffen.«

Rita Schmitt war noch nicht ganz überzeugt. »Könnte aber trotzdem ein Zufall sein. Venlo ist gerade mal gut sechzig Kilometer von Düsseldorf entfernt. Viele Leute fahren dahin einkaufen.«

Halverstett schüttelte energisch den Kopf.

»Nein«, sagte er bestimmt, »an diese Art Zufälle glaube ich nicht. Wir rollen alles neu auf. Heinrich, Schäfer, Stein. Wir gehen die gesamten Akten noch mal durch. Es gibt da eine Verbindung. Die drei Fälle werden ab sofort als einer behandelt.«

Einmal hatte er einen kleinen Vogel erstickt. Er hatte ihn mit gebrochenem Flügel im Garten hinter dem Haus gefunden. Er war damals gerade dreizehn gewesen. Er hatte ihn auf den Tisch gesetzt und eine große Glasschüssel über ihn gestülpt. Danach hatte er es sich auf einem Stuhl bequem gemacht und gewartet.

Es hatte unendlich lange gedauert, bis es passierte, und dann hatte er es gar nicht richtig mitgekriegt. Der kleine Vogel flatterte in seinem gläsernen Gefängnis umher. Es war ein Rotkehlchen. Er liebte Rotkehlchen. Plötzlich wurde sein Flattern immer schwächer, kraftloser, bis das kleine Tierchen mit einem Mal ganz aufhörte, sich zu bewegen.

Es war hypoxisches Ersticken gewesen. Der Vogel hatte nicht gelitten. Das hätte er nicht zugelassen. Niemals hätte er einem so kleinen, unschuldigen Wesen wehtun können.

Trotzdem war ihm plötzlich übel geworden, als das Rotkehlchen so leblos auf dem Küchentisch lag. Sein Magen drehte und wand sich, als wehrte er sich mit aller Kraft gegen einen unsichtbaren Feind, als wäre da jemand, der ihm bei lebendigem Leibe die Eingeweide herauszerren wollte. Er schleuderte die Schüssel auf den Boden und die Scherben hüpften und tanzten über die nackten Fliesen.

Dann stürzte er ins Bad. Er hockte mit zitternden Knien vor der Kloschüssel, bis seine Mutter nach Hause kam. Sie kehrte die Scherben auf und räumte das tote Tier weg. Sie stellte keine Fragen. Sie wusste, was er getan hatte. Und sie wusste auch warum. Sie wusste, dass er es ausprobieren, dass er genau Bescheid wissen musste. Nur so hatte er Gewalt darüber. Wenn er es nicht beherrschte, dann beherrschte es ihn.

Peter Wickert lenkte den Wagen in die Einfahrt seines Hauses. Es war zehn Uhr abends. Einen Augenblick lang glaubte er, hinter dem Küchenfenster einen Lichtschimmer zu erkennen und sein Herz krampfte sich zusammen. Aber dann bemerkte er, dass das nur der Schein der Straßenlaterne war, der sich in der Scheibe spiegelte. Er stellte den Motor ab und stieg aus. Nach einem kurzen Blick die Straße hinauf und hinunter beugte er sich in den Wagen und sagte: »Du kannst aussteigen. Niemand zu sehen.«

Sie huschten ins Haus und Peter schloss die Tür hinter ihnen ab.

»Was ist mit deiner Familie?«

»Die sind zurzeit nicht da. Roberta ist mit den Kindern bei einer Freundin.« Peter wandte sich ab und begann, umständlich die Schuhe auszuziehen.

»Das hat doch nichts mit mir zu tun, oder?« Die Stimme klang besorgt. »Das würde ich nicht wollen. Ich habe schon genug Schaden angerichtet. Wenn deine Frau meinetwegen ausgezogen ist, verschwinde ich auf der Stelle.«

»Quatsch«, Peter winkte ab. Seine Handbewegung war halbherzig und seine Stimme klang unsicher. »Das hat mit dir nichts zu tun.«

114

Dann raffte er sich auf.

»Komm mit ins Wohnzimmer, wir machen es uns gemütlich. Ich habe irgendwo noch 'nen guten alten Whisky. Ich muss nur rausfinden, in welcher Kiste.«

14

Roberta hängte das Geschirrhandtuch zurück an den Haken und sah sich in der Küche um. »So, das wär's«, murmelte sie und setzte sich kurz an den Tisch. Ihre Tochter Johanna kniete auf dem Stuhl neben ihr und malte. Die Stifte hatte sie fein säuberlich vor sich aufgereiht und jedes Mal, wenn sie die Farbe wechselte, achtete sie darauf, dass sie den Stift wieder in die richtige Lücke zurücklegte.

»Wann ist Papi fertig?«, fragte Johanna unvermittelt.

Roberta zuckte zusammen. Sie hatte den Kindern erzählt, dass es am Haus noch eine größere bauliche Veränderung zu erledigen gab, die es nötig machte, dass sie noch einmal kurzzeitig auszogen.

»Ich weiß nicht genau, Schatz«, antwortete sie vage. »So was dauert oft länger, als man denkt. Aber hier bei Katrin ist es doch auch schön, oder?«

»Ich will mich mit meinen Freundinnen treffen. Außerdem ist es doof, immer mit dem Auto zur Schule zu fahren. Wir müssen viel zu früh aufstehen.«

Johanna griff nach dem rosafarbenen Buntstift und begann, die Blumen auf ihrem Bild auszumalen. Roberta seufzte. In dem Augenblick öffnete sich gegenüber die

Tür zur Dunkelkammer. Katrin trat heraus und kam in die Küche. Sie hielt ein paar Fotos in der rechten Hand.

»Mensch, du hast ja schon wieder den ganzen Abwasch allein erledigt. Du solltest mir doch Bescheid sagen.«

»Sei nicht albern.« Roberta stand auf. »Soll ich uns Kaffee machen?« Sie füllte die Kanne mit Wasser. Aus dem Schlafzimmer ertönte die Erkennungsmelodie einer Kinderhörspielserie.

»Oh, Gott, nicht schon wieder«, stöhnte Katrin. »Wie oft am Tag hören die das?«

Roberta lächelte sie entschuldigend an. »So zwanzig, dreißig Mal«, meinte sie dann grinsend.

Johanna rutschte vom Stuhl und rannte aus der Küche.

»Hey, was ist mit deinem Bild?«, rief ihre Mutter ihr nach.

»Keine Lust mehr.«

»Räum wenigstens die Stifte weg.«

Johanna trottete lustlos in die Küche zurück. »Wohin denn?«, meckerte sie, »hier ist ja gar kein Platz.«

»Ist schon okay. Hau ab. Ich mach das.« Katrin griff nach den Stiften und verstaute sie im Kasten. Nachdem sie den Tisch freigeräumt hatte, griff sie nach den Fotos, die sie aus der Dunkelkammer mitgebracht hatte, und breitete sie vor sich aus. Roberta kam mit zwei gefüllten Kaffeetassen und setzte sich zu ihr.

»Was sind denn das für Bilder?«

»Kinder.«

»Das sehe ich auch.«

»Das hier«, Katrin deutete auf das Foto eines Mädchens mit dunklen Zöpfen, »ist Claudia Heinrich, Claudia Wildmeister, eigentlich, so hieß sie damals.«

»Und die anderen?«

»Das weiß ich noch nicht genau. Aber ich vermute, dass einer von diesen Jungens Andreas Schäfer heißt, und ein anderer – dieser da vielleicht – Erik Stein.«

»Du bist also tatsächlich fest davon überzeugt, dass die drei Todesfälle zusammenhängen?«

Katrin nickte. »Das hier war eigentlich ein Foto. Ich habe es vergrößert und Einzelporträts daraus gemacht. Die Frau, die die Kinder für mich identifizieren soll, ist schon recht alt und sieht nicht mehr gut.«

»Woher hast du das Bild?«

»Aus Claudia Heinrichs Schmuckkästchen.«

»Und wie kommst du darauf, dass die anderen Kinder ausgerechnet Andreas Schäfer und Erik Stein sind? Nur weil diese drei Menschen alle kürzlich verstorben sind? Geht das nicht ein bisschen zu weit?« Roberta fixierte Katrin ungläubig. »Ich finde, jetzt geht doch die Phantasie mit dir durch.«

Katrin antwortete nicht. Sie stand auf und verschwand im Wohnzimmer. Eine Minute später kehrte sie mit einem gerahmten Bild zurück. Mit wenigen Handgriffen holte sie das Foto aus dem Rahmen und legte es auf den Tisch.

»Na, fällt dir was auf?«, fragte sie, und ein siegessicheres Lächeln lag auf ihrem Gesicht.

Roberta studierte die Fotos. Dann tippte sie auf das Bild aus dem Rahmen und auf eines der anderen Porträts. »Das könnte der gleiche Junge sein«, meinte sie schließlich zögernd.

Katrin nickte triumphierend. »Genau das denke ich auch.«

»Und? Mach's nicht so spannend. Wo ist das Bild her?«

Robertas Stimme klang aufgeregt. Ihre Skepsis schien verflogen. Katrin lehnte sich genussvoll zurück und verschränkte die Arme.

»Aus der Wohnung von Erik Stein.«

Erna Fassbender beobachtete, wie die junge Frau aus dem Wagen stieg. Ihre braunen Haare waren vom Wind zerzaust. Das Auto war eins von diesen ohne Dach, was bei der Hitze sicher recht angenehm war. Allerdings holte man sich bei dem fürchterlichen Fahrtwind bestimmt eine Erkältung. Sie würde auf jeden Fall lieber nicht mit so einem Ding herumfahren. Sie zog entschlossen die Gardine zu. Dann fiel ihr ein, dass sie seit Jahren nicht mehr in einem Auto gefahren war.

Zwei Minuten später klingelte es an der Tür. Die junge Frau lächelte freundlich.

»Katrin Sandmann, Sie erinnern sich doch an mich?«

Erna bat sie herein. Ja, natürlich erinnerte sie sich. Sie erinnerte sich an vieles, und es war einiges darunter, das sie viel lieber vergessen hätte, einiges, dem sie nicht gestattete, sie heimzusuchen. Doch manchmal konnte sie es nicht verhindern. Dann stand sie am Küchenfenster. Sie war siebzehn. Es war ein lauer Frühlingstag. Die Kirschbäume blühten und hatten einen weißen Teppich auf den Gartenweg gestreut. Ihre Mutter stand neben ihr. Sie sahen die Soldaten die Straße heraufkommen. Die Männer grölten lauthals und ihr Gang war schwankend. Ihre Mutter versteckte sie in der alten Truhe, die im Schlafzimmer stand. Zusammengekauert lag sie zwischen der Wäsche. Es stank nach Mottenkugeln. Sie hörte, wie die Soldaten die Tür eintraten, ihre lauten, lallenden Stimmen und das Poltern umfallender Stühle. Sie hörte die Schreie ihrer Mutter und presste die Hände auf die Ohren. Sie dachte an das Ferkel, das sie geschlachtet hatten, im letzten Sommer vor dem Krieg. Es hatte genauso geschrien.

Erna schloss mit einer abrupten Bewegung die Tür hinter der jungen Frau. Es machte keinen Sinn, in der Vergangenheit herumzustochern und alte Wunden aufzureißen. Es schmerzte nur, und die Toten würden davon auch nicht wieder lebendig.

Katrin spürte Erna Fassbenders abweisende Haltung. Sie war genauso freundlich wie bei ihrem ersten Besuch, aber es fehlte die Herzlichkeit, die unvoreingenommene Wärme, die die alte Frau am Tag zuvor ausgestrahlt hatte. Eine Mischung aus Betretenheit und Beklemmung machte sich in ihr breit. Es war ihr unangenehm, in das Privatleben eines fremden Menschen einzudringen. Sie war froh, dass sie nicht hauptberuflich Polizistin oder Detektivin war, dass sie nicht ständig verletzten Menschen gegenübertreten und ihnen zusätzliche Qualen bereiten und schmerzhafte Erinnerungen entlocken musste. Dann wurde ihr plötzlich bewusst, dass sie vollkommen freiwillig hier war, und dass sie die Konfrontation mit der Wahrheit und dem Schmerz ganz bewusst suchte.

Sie gingen wieder in die Küche. Katrin öffnete den Umschlag, den sie mitgebracht hatte, und legte die Fotos einzeln auf den Tisch. Zuerst schob sie der alten Frau Claudias Foto hin. Erna setzte ihre Brille auf.

»Ja, ja, das ist die Claudia«, murmelte sie, »das hab ich doch schon gesagt.«

Katrin reichte ihr ein weiteres Bild.

Die Frau nickte. »Der Nachbarsjunge, wie ich schon sagte, mir ist jetzt auch der Name eingefallen. Er hieß Andreas. Weiter weiß ich nicht.«

Katrin stockte der Atem. Also doch.

»Andreas Schäfer vielleicht?«

Erna Fassbender legte das Foto zurück auf den Tisch. »Ja genau. Schäfer, so hießen die, glaub ich. Ist ja schon so lange her, dass die weggezogen sind.«

»Und das, wer ist das?«

Diesmal zögerte die Frau nicht. »Das ist doch der Erik. Erik Stein.« Katrin hielt ein zweites Foto daneben. »Das ist er doch auch, stimmt's?«

Erna Fassbender nickte.

»Ja, das ist der Erik. Ein ganz schönes Früchtchen. Hat sich im Keller über die Einmachgläser von den Neugebauers hergemacht. Hat ein Riesentrara gegeben damals.«

Die verkrampfte Körperhaltung der alten Frau lockerte sich ein wenig. Sie lächelte. »Das war vielleicht ein Bürschchen.«

Dann griff sie nach den zwei übrigen Fotos und betrachtete sie. Ihr Blick wurde wieder ernst.

»Das ist der Kai. Kai Rutkowski.«

»Wissen Sie, was der heute macht?«, fragte Katrin.

Erna fuhr mit den Fingern über das Foto. »Ja, das weiß ich. Er kommt mich manchmal noch besuchen, wissen Sie. Seine Eltern wohnen auch noch hier im Haus. Ein lieber Junge. Hat 'ne Autowerkstatt in Mettmann.«

Erna legte das Foto auf den Tisch und warf einen Blick auf das letzte Bild.

»Ah, der fehlte noch. Der kleine Hansi«, sagte sie und lächelte wieder.

»Hansi was?«

Die alte Frau überlegte.

»Hansi war eigentlich immer nur Hansi. Ich hab keine Ahnung, wie der mit Nachnamen hieß. Er wohnte nicht hier in der Straße, sondern um die Ecke auf der Kirchfeldstraße. War ein Fußballnarr, schon als ganz kleiner Knirps. Deshalb ist er ja auch so was geworden.«

»Fußballspieler?!«

Erna Fassbender lachte auf. »Ach du lieber Himmel, nein. Das hätten seine Eltern bestimmt nie zugelassen. Nein. Er ist bei der Zeitung, Sportreporter, nennt man das, glaub ich.«

Katrin zuckte zusammen. Ihr wurde heiß und kalt. Sie wagte den Gedanken kaum zu denken, der sich in ihrem Kopf breit machte.

»Und? Wissen Sie vielleicht auch bei welcher Zeitung er ist?«

»Aber natürlich, Mädel. Der Hansi ist Reporter beim Morgenkurier.«

15

Tommy Wickert zog die Wohnungstür einen Spalt breit auf und lugte ins Treppenhaus. Vor ihm stand ein großer, blonder Mann mit einer abgewetzten Jeanshose und einer alten Ledertasche über der Schulter. Genau vor Tommys Gesicht hatte die Hose einen dicken, dunklen Fleck.

»Du bist sicher Tommy.«

»Deine Hose ist schmutzig.«

Der fremde Mann grinste und ging in die Hocke, so dass er Tommy direkt in die Augen sehen konnte. »Lässt du mich rein?« Er zwinkerte.

»Mama, hier ist ein Mann!«

Tommy drehte sich weg und rannte in die Wohnung. Kurz darauf erschien Roberta Wickert im Türrahmen. Sie stockte, als sie Manfred Kabritzky sah, und ihr Gesicht verzog sich verärgert.

»Was willst du hier? Katrin ist nicht da.«

»Kann ich kurz reinkommen?«

Roberta zögerte einen Augenblick, dann zog sie die Tür weiter auf und trat einen Schritt zurück. Manfred trat ein und folgte ihr in die Küche. Johanna stand an der Arbeitsplatte und schnitt Möhren in ordentliche kleine Scheiben, David stocherte mit dem Messer in einer Zwiebel herum.

»Wir kochen«, erklärte er freudestrahlend.

»Das ist klasse. Ich koche auch gern.« Manfred lächelte ihn an, dann wurde sein Blick ernst. Er wandte sich an Roberta. »Wann kommt sie wieder?«

»Was weiß ich, sie hat zu tun.« Roberta hatte sich über einen Topf gebeugt und rührte heftig darin herum. Jetzt legte sie den Kochlöffel weg und drehte sich zu Manfred um.

»Du bist hier im Augenblick nicht gerade willkommen. Das sollte dir doch wohl klar sein. Katrin ist ziemlich wütend auf dich. Am besten, du verschwindest wieder. Wenn sie dich hier sieht, wird sie höchstens noch saurer.«

Manfred antwortete nicht sofort. Stattdessen langte er nach dem Holzlöffel und begann in der Pfanne herumzuwühlen

»Pass auf, dein Fleisch brennt an«, warnte er Roberta, so als hätte er ihre Worte gar nicht gehört.

Roberta nahm ihm den Löffel aus der Hand und fing ihrerseits an, mit hektischen Bewegungen in der Pfanne zu stochern.

»Verdammt noch mal, Manfred, verschwinde. Bitte. Ich krieg das ganz gut allein hin, und du bist im Augenblick wirklich der Letzte, mit dem ich gemeinsam kochen will.«

Manfred hob abwehrend die Hände.

»Schon gut, schon gut. Ich kann ja verstehen, dass du sauer bist. Aber ich bin nach wie vor der Meinung, dass du ein bisschen überreagiert hast.«

»Hau ab.«

Johanna und David hatten ihre Arbeit unterbrochen

und starrten wie gebannt abwechselnd auf Manfred und auf ihre Mutter. Tommy war ebenfalls neugierig in die Küche getrottet und musterte mit großen Augen den fremden Mann mit dem Fleck auf der Hose.

Roberta atmete tief durch. Sie selbst war Manfred eigentlich gar nicht böse. Im Stillen gab sie ihm sogar Recht. Sie hatte vermutlich wirklich ein wenig überreagiert, als sie so Hals über Kopf zu Hause ausgezogen war. Aber Katrin war unerbittlich. Für sie ging es nicht in erster Linie um die Sache, sondern um die Freundschaft. Sie fühlte sich von Manfred verraten, weil er sich nicht bedingungslos hinter sie gestellt hatte, unabhängig davon, ob sie in der Sache Recht hatte oder nicht.

Einen Moment lang herrschte eisiges Schweigen, dann machte Manfred einen Schritt auf Roberta zu.

»Sorry, Roberta. Ich weiß, das Ganze geht mich eigentlich einen Scheißdreck an, aber ich kann nun mal nicht mit meiner Meinung hinterm Berg halten. Außerdem täte es mir wirklich Leid, wenn –«

Er hielt einen Augenblick inne und warf einen Blick auf die Kinder. »Sag Katrin bitte, dass ich da war. Ich habe interessante Neuigkeiten. Es geht um die drei Todesfälle. Ich habe schon versucht, sie auf dem Handy anzurufen, aber sie legt immer gleich auf, wenn ich mich melde.«

Er machte einen weiteren Schritt auf Roberta zu, legte seine Hand kurz auf ihre Schulter und drückte sie, dann wandte er sich abrupt ab und eilte aus der Wohnung.

Klaus Halverstett deponierte drei Aktenordner auf dem Gartentisch und machte es sich im Liegestuhl bequem.

126

Es war Mittwochabend, zweiundzwanzigster September, und immer noch heiß. Hier im Schatten ließ es sich jedoch gut aushalten. Eine alte Fichte, die vor über zwanzig Jahren, als Halverstetts Kinder noch durchs Wohnzimmer krabbelten, einmal ein Weihnachtsbaum gewesen war, sowie die Kastanie, die sein Vater gepflanzt hatte, spendeten Schatten. Ein milder Abendwind fuhr durch die Zweige. Er brachte einen Hauch Kühle mit sich, roch ein wenig nach Herbst. Bei den Nachbarn bellte der Rauhaardackel, und eine Katze fauchte laut.

Veronika Halverstett trat auf die Terrasse. Sie hatte einen Pinsel in der Hand.

»Ich dachte, du wolltest dir keine Arbeit mit nach Hause bringen, Klaus. Das Verbrechen bleibt in der Stadt, wo es hingehört, hier im Neandertal herrscht Ruhe und Frieden. Deine Worte.«

»Ja, ja, ich weiß«, brummte Halverstett. »Aber ich komme einfach nicht weiter. Ich suche die Nadel im Heuhaufen, und das kann ich nun mal besser zu Hause.«

»Wie du meinst.« Veronika Halverstett zuckte die Achseln und verschwand im Haus. Sie kehrte zurück in das kleine lichtdurchflutete Zimmer, das sie ihr Atelier nannte. Sie hatte sich nie besonders für die Arbeit ihres Mannes interessiert. Sie war ein ästhetischer Mensch, die Banalität von Verbrechen und Gewalt lag ihr fern. Manchmal ärgerte es sie, dass ihr Mann diese schmutzige Arbeit nicht nur als Notwendigkeit in Kauf nahm, sondern sie sogar gern ausübte, geradezu darin aufzugehen schien.

Klaus Halverstett schlug den ersten Ordner auf und

blätterte wahllos darin herum. Er war die Seiten bereits mehrere Male durchgegangen, doch er hatte nichts gefunden. Wenn es wirklich stimmte, dass alle drei Todesfälle irgendwie zusammenhingen, dann musste es eine Verbindung geben, eine Gemeinsamkeit.

Am Nachmittag hatte er mit einer Kriminalpsychologin gesprochen. Diese meinte jedoch, es sei recht unwahrscheinlich, dass es sich um einen Serienmörder handelte, der nach einem bestimmten Muster tötete. Dafür waren die drei Fälle zu verschieden. Sie hielt es allerdings schon für möglich, dass in allen drei Fällen der gleiche Täter zugeschlagen hatte. Sein Motiv musste in diesem Fall allerdings mit der Identität der Toten zusammenhängen. Bisher lag es jedoch völlig im Dunkeln.

Vielleicht hatte Rita Schmitt doch Recht, und die Gemeinsamkeit lag im Ersticken. Aber was hatte das zu bedeuten? Ein Opfer erstickt am Arbeitsplatz, im Gärbottich einer Brauerei, ein weiteres wird mit einer Plastiktüte im eigenen Haus erstickt, und das dritte Opfer stirbt an Zyankali, auch zu Hause.

Wollte da jemand demonstrieren, wie gut er sich mit den verschiedenen Formen des Erstickens auskannte? Aber wozu? Welche Absicht verfolgte der Täter? Und die wichtigste Frage überhaupt: Würde er weiter morden?

Halverstetts Augenlider flatterten. Er sah schemenhafte Gestalten, die sich gelbe Plastiktüten über den Kopf gestülpt hatten. Sie kreisten ihn ein, enger und enger, er röchelte, schnappte nach Luft...

128

Mit einem Mal fuhr er erschrocken auf. Der Liegestuhl ächzte. Er war schweißgebadet, der Aktenordner rutschte von seinem Gesicht und plumpste auf den Rasen.

Halverstett rappelte sich auf. Einen Moment lang stierte er benommen vor sich hin. Dann begann ein Gedanke in seinem Kopf Konturen anzunehmen. Er erhob sich schwerfällig aus dem Liegestuhl und lief ins Haus zum Telefon.

»Geht alle Erstickungstode der letzten Zeit durch. Auch die Suizide. Und zwar jede Form von Ersticken. Sucht nach den Namen Heinrich, Stein, Schäfer. Guckt, ob es irgendeine Verbindung gibt.«

Am anderen Ende der Leitung ertönte ein Stöhnen. »Wie weit zurück? Ein paar Wochen? Monate?«

»Sagen wir die letzten fünf Jahre.«

»Das sind Hunderte von Fällen.«

»Ich brauch ja nur die Erstickungstode. Und ihr müsst einfach querlesen. Sucht nur nach diesen Namen.«

Wieder ein Stöhnen.

»Ach, ja, und wenn ihr nichts findet, dann geht bitte noch weiter zurück.«

»Autoreparatur Rutkowski.«

»Hallo, mein Name ist Katrin Sandmann. Ich würde gern heute Nachmittag vorbeikommen.«

»Heute Nachmittag noch? Das ist aber ziemlich kurzfristig. Ich bin heute allein in der Werkstatt und hab alle Hände voll zu tun. Wo brennt's denn?«

»Oh, es ist nicht wegen des Wagens. Obwohl«, Katrin

zögerte, »Der Auspuff knattert ein wenig. Aber eigentlich wollte ich kurz mit Ihnen sprechen. Es dauert auch nicht lang. Und es ist wichtig.«

»Sprechen? Ich verstehe nicht. Worüber denn?«

»Es geht um Ihre alten Freunde, um Andreas Schäfer und Erik Stein.«

Sekundenlang herrschte Stille.

»Ich verstehe immer noch nicht. Was ist mit den beiden? Die kannte ich mal, als ich ein kleiner Junge war. Das ist ewig her, dreißig Jahre oder so. Was wollen Sie von mir?«

»Lesen Sie keine Zeitung?«

»Was soll das jetzt wieder? Ich habe viel zu tun. Ich komme nur selten dazu, und wenn, dann lese ich den Sportteil, der Rest interessiert mich nicht.«

»Ihre Freunde sind tot, Herr Rutkowski. Und ich halte es für möglich, dass auch Ihr Leben in Gefahr ist. Darüber würde ich gern mit Ihnen sprechen.«

»Wer sind Sie überhaupt? Wie war noch Ihr Name?«

Katrin zögerte. Dann beschloss sie, es mit der Wahrheit zu versuchen, oder besser gesagt, mit einer gefälligen Variante derselben.

»Ich interessiere mich aus privaten Gründen für die Sache. Ich habe einen der Toten gefunden.«

Wieder herrschte einen Augenblick lang Stille. Katrin hörte den Mann am anderen Ende der Leitung atmen.

»Also gut, ich verstehe zwar immer noch nicht, was das Ganze soll, aber kommen Sie von mir aus vorbei. So gegen fünf, dann habe ich hier alles soweit fertig.«

Katrin legte auf. Robertas besorgter Blick ruhte auf ihr.

»Du solltest da nicht hinfahren. Jedenfalls nicht allein. Du hast dich schon einmal in Lebensgefahr gebracht mit dieser Detektivspielerei.«

Katrin winkte ab.

»Quatsch. Ich habe jemand ganz anderen im Verdacht.«

»Wen denn?« Roberta blickte sie erstaunt an.

»Dieser Hans Meister steckt dahinter«, erklärte Katrin. »Er ist mir direkt komisch vorgekommen, als ich ihn zum ersten Mal gesehen habe. Wir haben ihn vor zwei Wochen abends in der Redaktion überrascht, und er hat sich total merkwürdig verhalten, so, als hätte er etwas zu verbergen. Ich denke, dass dieser Rutkowski in Gefahr ist. Ich will ihn warnen. Außerdem weiß er vielleicht, was Hansi für ein Motiv hat. Ich bin mir sicher, dass es etwas mit ihrer gemeinsamen Vergangenheit zu tun hat, dass die fünf Kinder auf dem Foto ein schreckliches Geheimnis teilen; und dass dieses Geheimnis der Grund für die Morde ist.«

»Katrin, das Foto ist aus den Siebzigerjahren. Das ist doch irrwitzig. Jahrzehntelang passiert nichts, und jetzt, nach fast dreißig Jahren, kommt plötzlich eins von diesen Kindern auf die Idee, die anderen der Reihe nach umzubringen? Warum denn jetzt plötzlich?«

Katrin machte eine vage Handbewegung. »Ich weiß auch nicht. Irgendwie fehlt da noch ein entscheidendes Detail, damit das Ganze Sinn macht, ich weiß. Aber heute Abend bin ich schlauer.«

Drei Stunden später schlüpfte Katrin in ihre Sandalen und schnappte sich ihre Handtasche. Sie hatte sich ein luftiges Kleid angezogen, um auf der Fahrt quer durch die Stadt bis hinaus ins Neandertal nicht zu sehr zu schwitzen.

»Pass verdammt noch mal auf dich auf.« Roberta umarmte ihre Freundin. »Hast du dein Handy mit?«

»Klar.«

»Ich ruf dich an, wenn ich das Gefühl habe, das dauert zu lang. Und wenn du nicht unverzüglich rangehst, dann alarmiere ich Hauptkommissar Halverstett. Wäre ja nicht das erste Mal, dass es soweit kommt.«

Katrin stürmte die Treppe hinunter. Sie dachte an Robertas Worte und daran, dass diese beim letzten Mal, als Katrin in die Fänge eines Mörders geraten war, die Polizei und Manfred informiert hatte, und dass es Manfred gewesen war, der sie in letzter Sekunde gefunden hatte. Der Gedanke daran versetzte ihr einen Stich. Hastig nahm sie die letzten Stufen und wäre beinahe über Frau Schneider gestolpert, ihre Nachbarin aus dem ersten Stock.

»Ach Frau Sandmann, gut, dass ich Sie treffe.«

Katrin atmete tief ein. Frau Schneider sprach sie eigentlich nur an, wenn es etwas zu meckern gab.

»Da wohnen ja jetzt bei Ihnen so Kinder«, begann die Frau.

»Ja.« Katrin merkte, dass man die mühsam unterdrückte Wut in ihrer Stimme gut heraushören konnte.

»Na ja, für so viele Personen ist die Wohnung ja eigentlich nicht vorgesehen. Und dann immer dieses Getrappel. Wie lang bleiben die denn noch?«

»Solange sie wollen.«

Katrin ließ Frau Schneider mit offenem Mund im Treppenhaus stehen und stürzte aus der Tür. Ihr Wagen stand ein Stück weiter die Straße hinunter. Auf dem Weg dorthin fiel ihr auf, dass sie ein wenig fröstelte. Ein schwacher Wind fuhr über ihre nackten Arme. Überrascht hob sie den Kopf. Der Himmel war immer noch blau und wolkenlos, aber heute wirkte er kraftlos und blass. Katrins Blick glitt über die Platanen, die das Düsselufer säumten, und sie entdeckte einen gelblichen Hauch, der sich über sie gelegt hatte wie ein farbiger Schleier. Sie atmete tief ein. Ein Geruch nach Fäulnis und feuchter Erde lag in der Luft. Der Sommer war zu Ende.

Kurz darauf fuhr sie auf dem Hennekamp in Richtung Norden. Sie hatte beschlossen, über Gerresheim, Erkrath und durch das Neandertal zu fahren. Sie war sich nicht sicher, ob das die kürzeste Strecke nach Mettmann war. Aber es war mit Sicherheit die Schönste. Als Kind war sie oft sonntags mit ihren Eltern im Neandertal spazieren gegangen. Nach dem Spaziergang gab es dann immer Kuchen und heißen Kakao in einem der Ausflugslokale. Sie hatte diese Nachmittage geliebt.

Eine gute halbe Stunde später hielt sie in Mettmann an einer Tankstelle und fragte nach dem Weg. Die Autowerkstatt von Kai Rutkowski lag etwas außerhalb der Stadt. Sie war in einem ehemaligen Bauernhof untergebracht. Die Gebäude wirkten recht heruntergekommen; der Putz blätterte von der lindgrün gestrichenen Fassade. In den Fenstern des Wohnhauses hingen weiße Scheibengardinen, und an der Hofeinfahrt prangte ein Schild mit der Aufschrift ›Werkstatt. PKW aller Art‹ in hand-gemalten roten Buchstaben, wobei das W von PKW ein wenig verschmiert war.

Katrin lenkte ihren Golf in den Hof und blickte sich um. Sechs oder sieben alte Autos standen zusammen-gewürfelt vor der ehemaligen Scheune, deren Tor weit geöffnet war. Einige waren in erbarmungswürdigem Zustand. Im Inneren konnte sie eine Hebebühne aus-machen, auf der ein grüner Audi älteren Baujahres offen-sichtlich darauf wartete, repariert zu werden.

Katrin stieg aus.

»Hallo?« Sie blickte sich suchend um und machte ein paar Schritte auf die Scheune zu. Nichts rührte sich. Sie wandte sich ab und versuchte zu erkennen, ob jemand im Haus war. Vielleicht erwartete Kai Rut-kowski sie drinnen? Sie blickte auf ihre Uhr. Es war zehn nach fünf. Sie beschloss, an der Haustür zu klin-geln. Sie ging zum Vordereingang und drückte auf die Schelle. Ein schriller Ton hallte durch das kleine Haus. Nichts geschah.

Katrin trat ungeduldig von einem Fuß auf den ande-ren. Etwas stimmte nicht. Langsam wurde sie nervös. Sie lauschte. Weiter entfernt hörte sie das dumpfe Brum-men der Autos, die auf der Landstraße Richtung Nean-dertal fuhren. Dann hörte sie plötzlich etwas anderes. Es war auch ein Automotor, doch das Geräusch klang viel näher. Sie runzelte irritiert die Stirn. Dann lief sie zurück in den Hof.

16

Das Motorgeräusch drang aus der zur Werkstatt umfunktionierten Scheune. Eine Wolke von Abgasen quoll aus dem Tor. Katrin nahm einen tiefen Atemzug und stürmte hinein. Es stank erbärmlich und sie musste husten. Hektisch sah sie sich um. Ihre Augen brannten. Zuerst erkannte sie nichts außer dem alten Audi auf der Hebebühne, über dem eine Arbeitsleuchte pendelte. Dann entdeckte sie einen zweiten Wagen. Es war ein dunkelblauer Mercedes. Der Motor heulte unnatürlich laut. Vom Auspuff zur Fahrertür führte ein dicker, blassroter Gummischlauch. Aus dem fingerbreit geöffneten Fenster wogte dicker, beißender Qualm.

Katrin stürmte auf den Mercedes zu. Sie stolperte über eine Kiste mit Werkzeug und stürzte der Länge nach auf den Boden. Durch ihr linkes Schienbein jagte ein stechender Schmerz. Trotzdem rappelte sie sich hastig wieder auf, erreichte den Wagen und erkannte, dass ein Mann reglos auf dem Fahrersitz saß. Er schien bewusstlos zu sein. Sie zog an der Tür. Nichts tat sich. Verdammt. Katrin versuchte, durch den Fensterschlitz zu greifen, aber die Lücke war viel zu schmal. Sie musste wieder husten. Panisch zerrte sie an dem Gummischlauch. Er rutschte aus dem Wagen und landete vor ihren Füßen. Wieder tastete sie nach dem Türgriff. Ihre Hände zitterten. Jetzt merkte sie plötzlich, dass sie einen Knopf drücken musste, um den Öffner zu betätigen. Endlich klickte es, und die Wagentür schwang auf. Hustend und nach Luft ringend beugte sie sich vor, tastete nach dem Zündschlüssel und stellte den Motor ab.

Einen Moment lang hielt sie inne. Ihr Atem ging schwer. Ihre Augen und ihre Kehle brannten höllisch. Sie stützte sich kurz auf dem Wagendach ab. Dann hievte sie den Mann vom Fahrersitz. Er war unglaublich schwer. Noch während sie versuchte, ihn ins Freie zu zerren, bewegte er sich, röchelte und würgte. Sie krabbelten gemeinsam auf das Tor zu. Immer wieder wurden sie von Hustenkrämpfen geschüttelt. Der Mann kam aus eigener Kraft kaum vorwärts. Er zitterte am ganzen Körper und war schneeweiß. Mehrmals brach er auf dem Boden zusammen und war kurz davor, wieder das Bewusstsein zu verlieren. Dann rüttelte Katrin energisch an seinen Schultern und zerrte ihn weiter. Vermutlich dauerte es weniger als eine Minute, bis sie endlich das Scheunentor erreichten und ins Freie krochen, aber Katrin kam es wie eine Ewigkeit vor. Schließlich hockten sie beide im Hof und schnappten keuchend nach Luft. Der Mann beugte sich vor und würgte wieder, und winzige Schweißperlen standen ihm auf der bleichen Stirn. Katrin kramte mit bebenden Fingern ihr Handy aus der Tasche und wählte den Notruf.

Fünfzehn Minuten später wimmelte es auf dem

Gelände von Polizeibeamten. Hauptkommissar Halverstett war zu Katrins Verwunderung als Erster eingetroffen.

»Ich wohne hier in der Gegend«, erklärte er knapp. »Das ist sozusagen ein Heimspiel für mich.«

Dann wurde seine Miene ernst. »Aber was Sie hier machen, das müssen Sie mir erklären.«

»Sie hat mir das Leben gerettet.« Kai Rutkowski war neben sie getreten. Er hatte kurze, blonde Haare, trug einen schmuddeligen, blauen Overall und hatte Ölflecken auf den Händen. Seine blauen Augen waren rotgerändert, und er sah immer noch sehr blass aus. In der Hand hielt er etwas, das aussah wie ein dicker Kugelschreiber. Er ließ den Gegenstand in der Tasche seines Overalls verschwinden.

»Sie sollten sich besser im Krankenhaus untersuchen lassen«, riet Halverstett.

Der Mann winkte ab.

»Mit mir ist alles in Ordnung. Finden Sie lieber den Kerl, der mich ins Jenseits befördern wollte.«

»Darüber müsste ich mit Ihnen sprechen«, mischte sich jetzt Katrin wieder ein. Sie sah Halverstett an. »Ich weiß da etwas –«

Der Kommissar fuhr zu ihr herum. Sein Blick schien sie zu durchbohren. »Haben Sie etwa schon wieder auf eigene Faust herumgeschnüffelt? Ich dachte, Sie hätten inzwischen begriffen, dass das ein sehr ungesundes Hobby ist.«

Katrin hielt seinem Blick stand. »Wollen Sie nun wissen, was ich herausgefunden habe oder nicht?«

Kai Rutkowski starrte Katrin jetzt mit unverhohlener Neugier an. »Sie sind Privatdetektivin? Davon haben Sie mir am Telefon aber nichts gesagt.«

»Herr Rutkowski, seien Sie bitte so lieb und erzählen Sie meiner Kollegin da drüben, Frau Schmitt, in allen Einzelheiten, was vorhin passiert ist. Ich unterhalte mich derweilen mit Frau Sandmann.«

»Da gibt es nicht viel zu erzählen. Ich habe einen Schlag von hinten auf den Schädel gekriegt und dann war plötzlich alles dunkel. Das nächste, was ich weiß, ist, dass diese junge Frau hier« – er deutete mit seinem Zeigefinger auf Katrin – »mich aus dem Wagen zerrte.«

Bitte erzählen Sie das trotzdem alles meiner Kollegin. Vielleicht fällt Ihnen ja dabei doch noch etwas ein. Jedes Detail kann wichtig sein.«

Der Mann wandte sich nur zögernd ab. Nachdem er ein paar halbherzige Schritte gemacht hatte, drehte er sich noch einmal um, und Katrin bemerkte an seinem intensiven Blick, dass er darauf brannte, zu erfahren, was sie wusste.

Halverstett ergriff Katrins Arm und führte sie aus dem Hof hinaus.

»Kommen Sie, da am Ende der Straße ist ein hübsches, kleines Stück Wald. Wir gehen ein wenig spazieren, und Sie erzählen mir, was Sie so alles rausgefunden haben. Und zwar jede Kleinigkeit.«

Er musterte sie, wie ein sorgenvoller Vater sein widerspenstiges Kind betrachtet, mit einer Mischung aus Empörung, Sorge und unwillkürlichem Stolz. Dann fuhr

138

er mit resignierter Stimme fort: »Nachdem Sie die Leiche von Andreas Schäfer entdeckt hatten, hätte ich mir eigentlich denken können, dass Ihnen das keine Ruhe lässt. Verbrechen ziehen Sie magisch an, was?«

Katrin schüttelte den Kopf.

»Nicht Verbrechen, sondern die Menschen, die sie begehen«, korrigierte sie ihn dann. »Ich bin Analytikerin, ich muss den Dingen auf den Grund gehen, ich will immer genau verstehen, warum.«

Der Kellerraum roch muffig, nach Schimmel und abgestandener Luft. Claudia und Erik hatten Taschenlampen mitgebracht. Sie legten das Plakat in der Mitte des Raumes auf den Boden und setzten sich im Schneidersitz darum. Andreas räusperte sich.

»Am besten, wir teilen das auf, jeder eine Reihe«, schlug er vor.

»Was sollen wir denn damit machen?« Kai fröstelte. Er sah zu Andreas auf.

»Auswendig lernen natürlich, du Trottel. Glaubst du, wenn du einen Terroristen auf der Straße siehst, dann hängt zufällig gerade ein Plakat daneben, damit jeder nachsehen kann, ob er's auch wirklich ist?!« Andreas schnaubte verächtlich.

»Ist das nicht gefährlich?«, fragte Erik zaghaft. »Die haben doch diesen Mann entführt, Schleyer oder so. Ich glaube, die sind ziemlich brutal.«

»Du bist echt ein Vollidiot«, Andreas fixierte Erik voller Verachtung. »Natürlich überwältigen wir die Typen nicht auf eigene Faust. Wir halten nur die Augen

139

offen. Und wenn wir was sehen, melden wir's der Polizei.«

Hansi hatte die ganze Zeit kein Wort gesprochen. Eine riesige, fette Spinne kroch langsam an seinem Bein hoch und er biss sich fest auf die Unterlippe. Am liebsten hätte er laut geschrien und das Tier von seinem Schienbein gefegt, aber er wollte nicht auch von Andreas angepflaumt werden. Also riss er sich zusammen und bemühte sich krampfhaft, seinen Blick auf das Plakat mit den Terroristenfotos zu heften, während er die Spinne verstohlen aus den Augenwinkeln beobachtete. Er versuchte, sich die Namen einzuprägen; Inge Viet, Brigitte Mohnhaupt, Christian Klar. Wie sollte man sich die denn alle merken? Außerdem konnte man die Gesichter kaum erkennen. Die Fotos waren unscharf und viel zu klein.

Die Spinne hatte jetzt sein Knie erreicht.

Andy war dabei, jedem eine Reihe mit Fotos zuzuweisen: »Ich nehme die ersten fünf, Erik die zweite Reihe und –«

Weiter kam er nicht. Plötzlich kreischte Claudia laut, sprang auf und stürmte aus dem engen Kellerraum auf den Gang.

»Schscht. Halt die Klappe, Claudi«, zischte Kai. »Wenn die Neugebauer uns wieder im Keller erwischt, gibt's noch mehr Ärger.«

»Das ist doch nicht meine Schuld! Der Erik war an den Einmachgläsern!«, schimpfte Claudia zurück. »Außerdem ist da 'ne riesige Spinne auf Hansis Bein.«

Die anderen starrten auf Hansis Oberschenkel. Die Spinne näherte sich mittlerweile gefährlich schnell dem Beinloch seiner kurzen Hose. In wenigen Sekunden würde sie darin verschwinden.

Hansi fand, dass er jetzt lange genug den Helden gespielt hatte. Abrupt sprang er auf und fuhr mit den Händen über die nackten Beine. Dann schüttelte er sich. Schließlich stampfte er mit seinem Schuh mehrmals auf den Boden, bis er sicher sein konnte, dass von der Spinne nicht mehr viel übrig war. Danach setzte er sich wieder.

»Blödes Vieh«, sagte er in betont gelassenem Tonfall. Dann winkte er Claudia, die immer noch misstrauisch im Gang wartete. »Du kannst wieder reinkommen. Das Viech ist platt wie 'ne Flunder.«

Andreas, der jetzt wie die anderen ein wenig bleich aussah, räusperte sich entschlossen.

»Wenn wir wirklich auf Terroristenjagd gehen wollen, dann dürfen wir uns nicht von einem so kleinen Tierchen verschrecken lassen. Wir müssen hart sein. Furchtlos. Ich bin dafür, dass wir eine Mutprobe machen.«

»Au ja.« Claudia hatte sich wieder hingesetzt, nicht ohne jedoch den Fußboden vorher genau unter die Lupe zu nehmen. »Mutprobe ist toll.«

»Und was sollen wir da machen?« Wieder war es Erik, der Bedenken anmeldete.

»Wie wär's mit Regenwürmer schlucken?«, schlug Kai vor.

»Oder den Neugebauers noch ein Einmachglas klauen?«, meinte Claudia. Diese Aufgabe stellte sie sich einfach vor, da der Verdacht sowieso wieder auf Erik fallen würde.

»Das ist doch alles Kinderkram«, warf Hansi jetzt ein. »Ich habe eine viel bessere Idee.«

17

Rita Schmitt nahm den Telefonhörer vom Ohr, hielt mit der Handfläche die Muschel zu und blickte zu Halverstett hinüber, der am Schreibtisch saß und im Zwei-Finger-Such-System den Bericht über den Mordversuch an Kai Rutkowski in den Computer hämmerte.

»Hans Meister ist verschwunden.«

»Hä?« Halverstett blickte verwirrt auf. »Was heißt verschwunden?«

»Verschwunden eben. Nicht zu Hause, nicht in der Redaktion aufgetaucht, keiner weiß, wo er steckt. Fahndung?«

»Ja, natürlich. Oder soll der etwa ungehindert weitermorden?«

Rita Schmitt verzog das Gesicht. Seit Halverstett mit Katrin Sandmann gesprochen hatte, war er übelster Laune. Und sie wusste auch warum. Er gab sich jovial, scherzte über weibliche Intuition und Anfängerglück, aber die Tatsache, dass diese junge Fotografin schon zum zweiten Mal einen Fall für ihn gelöst hatte – und so sah es zumindest im Augenblick aus – kratzte doch ein wenig an seinem Selbstbewusstsein. Eigentlich war er, Halverstett, der ungekrönte König der Düsseldorfer Polizei, der Beamte mit der höchsten Aufklärungsquote, eigenbrötlerisch und genial. Und dann tauchte plötzlich diese Frau Sandmann auf und stahl ihm die Show. Rita Schmitt beschloss, die Probe aufs Exempel zu machen.

»Also, wenn Frau Sandmann Recht hat, dann gibt's keine Morde mehr. Offensichtlich geht es doch um die Kinder auf diesem alten Foto, das sie uns gegeben hat. Er hat sie alle durch, bis auf Kai Rutkowski, natürlich, den hat er nicht richtig erwischt. Aber der steht ja jetzt unter Polizeischutz.«

»Wollen Sie die Verantwortung dafür übernehmen, dass Frau Sandmann Recht behält?«, schnauzte Halverstett.

Dann fasste er sich.

»Dieser Mann hat drei Morde begangen und einen vierten versucht. Egal, was der weiter vorhat oder nicht, ich habe erst Ruhe, wenn er hinter Schloss und Riegel ist.«

Halverstett fixierte seine Kollegin.

»Und glaub ja nicht, dass ich deine Spielchen nicht durchschaue, Rita.« Er grinste schwach. »Du willst mich provozieren. Glaubst du etwa, ich merk das nicht?«

Rita Schmitt lächelte. So war ihr der Chef viel lieber. Sie nahm die Hand von der Muschel und sprach wieder ins Telefon. »Großfahndung. Das volle Programm, und zwar so schnell wie möglich.«

Katrin setzte die schweren Tüten vor der Wohnungstür ab und fingerte den Schlüssel aus der Hosentasche. Es war elf Uhr vormittags. Der Samstag hatte wolkenverhangen begonnen, doch der Regen wollte immer noch nicht einsetzen. Trotzdem war es merklich kühler als an den Tagen zuvor.

Roberta saß in der Küche und studierte die Tageszeitung.

»Die haben dich glatt unterschlagen in diesem Artikel. Hier wird in allen Einzelheiten über den Mordversuch an Kai Rutkowski berichtet, und dann heißt es nur: Eine Passantin bemerkte die Motorengeräusche, die aus der Werkstatt drangen, und konnte den 39-Jährigen rechtzeitig aus der tödlichen Falle befreien.«

»Das hat Halverstett absichtlich so an die Presse weitergegeben. Schließlich haben sie Hansi Meister noch nicht erwischt, soviel ich weiß. Er wollte mich nicht unnötig in Gefahr bringen. Auch von dem Zusammenhang mit den anderen Morden sollte noch nichts in der Zeitung stehen, damit er nicht gewarnt ist. Ich darf auch eigentlich mit niemandem darüber reden. Streng genommen, nicht einmal mit dir.«

»Aber Hansi scheint ja wohl doch gemerkt zu haben, dass sie ihm auf der Spur sind, sonst wäre er nicht untergetaucht«, warf Roberta ein.

Sie nahm Katrin eine der Tüten ab und half ihr dabei, die Lebensmittel im Kühlschrank zu verstauen.

»Ich habe eben aus dem Fenster geguckt und einen Streifenwagen gesehen«, fuhr sie fort, während sie ein Apfelsaftpaket aus der Tüte zog. »Das war schon der Zweite heute. Glauben die denn echt, dass du in Gefahr bist?«

Katrin warf einen neugierigen Blick aus dem Fenster. Dann zuckte sie mit den Schultern. »Ich weiß auch nicht«, meinte sie vage, »Eigentlich dürfte er gar nichts von mir wissen. Allerdings kennt er mich. Er hat mich einmal kurz in der Redaktion gesehen. Und wenn er gestern noch in der Nähe war, als ich ankam, dann kann er leicht zwei und zwei zusammengezählt haben; und dann weiß er auch, wo er mich findet.«

»Dass du aber auch immer so einen Blödsinn machen musst.«

Roberta schloss die Kühlschranktür.

»Ach, da ist noch etwas. Da war ein Anruf für dich. Ein Verlag. Ich hab den Namen aufgeschrieben.«

»Haben die gesagt, was sie wollen?«

»Ja. Ich habe mich einfach als deine Mitarbeiterin ausgegeben. Der Typ wollte anfragen, ob du Interesse hast, ein Buch übers Fotografieren zu schreiben. Die haben da so eine Art Hobbyreihe.«

»Eine Anleitung für Hobbyfotografen? Also, ich weiß nicht, klingt nicht gerade nach einer spannenden Herausforderung. Das kann ich außerdem, glaub ich, gar nicht. Zuviel Text, zuwenig Bilder.«

»Ich kann dir ja beim Formulieren helfen. Das hört sich doch ganz gut an. Außerdem ist die Reihe, soviel ich weiß, recht erfolgreich. Ich hab die Bände schon im Buchladen gesehen.«

Katrin war immer noch nicht überzeugt. Sie setzte sich auf den Küchenstuhl und starrte aus dem Fenster. »Ich glaube, das ist nicht mein Ding.«

»Überleg's dir. Ich habe gesagt, dass du im Laufe des Tages zurückrufst. Ich muss übrigens nachher mal kurz 'rüberfahren.« Roberta setzte sich zu Katrin an den Tisch.

146

»'Rüberfahren?«

»Ja, nach Hause.« Sie seufzte. »Nach Hause, wie komisch das klingt. Ich habe gerade mal sechs Wochen in diesem Haus gelebt. Na ja, auf jeden Fall muss ich hinfahren. Mir fehlen ein paar Klamotten. Es wäre mir lieb, wenn du mitkommen würdest, als moralische Unterstützung. Peter ist zwar tagsüber normalerweise nicht da, aber ich krieg wahrscheinlich einen Nervenzusammenbruch, wenn ich allein in das Haus gehe. Diese ganze verdammte Situation ist so verfahren. Ich dachte, wir holen die Kinder von der Schule ab und dann fahren wir eben da vorbei. Okay?«

»Okay. Hat Peter sich immer noch nicht gemeldet?«

Roberta schüttelte den Kopf. »Der ist stur. Wir sind es beide, das ist das Problem.«

»Kommt mir irgendwie bekannt vor.« Katrin lächelte müde. Sie sah Claudia Heinrichs Foto auf dem Tisch liegen. Es war eine Vergrößerung, die sie zusätzlich zu den Einzelportraits der fünf Kinder angefertigt hatte; das Original hatte sie Halverstett gegeben. Gedankenverloren betrachtete sie es.

»Guck dir diese Kinder an: glücklich und unbeschwert. Die lachen in die Kamera, als gehöre ihnen die Welt. Sie haben keine Ahnung, dass irgendwann später etwas passieren wird, dass ihr Leben für immer verändert, etwas, das einen von ihnen zum Mörder werden lässt, der die anderen nacheinander grausam umbringt. Ist das nicht verrückt? Im einen Augenblick sind wir glücklich, und im nächsten ist alles vorbei.«

147

»Nur gut, dass wir nicht im Voraus wissen, wann dieser Augenblick kommt.« Roberta nahm Katrin das Foto aus der Hand.

»Wie meine Kinder«, sagte sie leise, »Gerade noch waren sie eine glückliche Familie, und im nächsten Moment sind sie zerrissene Scheidungskinder.«

»Sag nicht so was. Das wird schon wieder.«

Roberta starrte gebannt auf das Foto.

Katrin zerrte an ihrem Arm. »Leg das jetzt weg. Das macht uns noch ganz melancholisch.«

»Nein, warte, da ist etwas. Guck mal, da in den Büschen. Sieht das nicht aus wie –?«

Katrin riss Roberta das Foto aus der Hand. Sie trat ans Fenster, um besser sehen zu können, und runzelte ungläubig die Stirn. Das konnte nicht sein. Sie hatte das Bild eigenhändig vergrößert, hatte die Kindergesichter auseinander geschnitten und Einzelporträts angefertigt. Und sie hatte es übersehen. Sie hatte sich so auf den Vordergrund konzentriert, dass sie den Rest des Fotos gar nicht genau wahrgenommen hatte. Aber es war da. Zwischen dem dichten Laubwerk der Büsche konnte man es eindeutig erkennen. Da war ein blasses, schmales Gesicht. Auf dem Foto waren keine fünf Kinder abgebildet, sondern sechs.

Manfred Kabritzky schritt gemächlich die Regale ab und studierte die Aufschriften der Ordner.

»Kann ich dir irgendwie helfen?«, fragte jemand hinter ihm.

Dieter Wintrup verwaltete seit fast zwanzig Jahren

das Archiv des Morgenkuriers. Er hatte als junger Mann einen schweren Motorradunfall gehabt, und seitdem hinkte er leicht. Jetzt schob er seine dicke Hornbrille die viel zu kurze Nase hoch, eine Handbewegung, die er unzählige Male am Tag wiederholte.

»Ich suche die Siebzigerjahre«

»Geht's auch etwas genauer?«

»Vermutlich 76 oder 77. Kann aber auch ein, zwei Jahre früher oder später sein.«

Wintrup verzog das Gesicht.

»Was suchst du?«, fragte er dann, wobei er jedes Wort betonte, als spräche er zu jemandem, der der deutschen Sprache nur begrenzt mächtig ist. »Ich brauche das Ereignis, nicht die Jahreszahl.«

Dieter Wintrup war stolz darauf, dass er sich in seinem Archiv bestens auskannte. Wenn Kollegen etwas suchten, konnte er sie zumeist blind zu dem entsprechenden Regal führen.

Manfred Kabritzky ließ hilflos seinen Blick durch den Gang schweifen.

»Ich weiß auch nicht«, gab er dann zu.

»Du weißt nicht, was du suchst?«

»Gib mir mal 1976. Ich blättere mich durch.«

Wintrup warf Manfred einen Blick zu, als vermute er, dass dieser vollkommen den Verstand verloren habe, aber dann deutete er mit einer Handbewegung auf ein Regal im hinteren Bereich des Archivs.

»Du kannst da drüben anfangen und dich dann durcharbeiten, bis du vorne bei mir bist. Soll ich dir Bescheid sagen, wenn draußen Weihnachten ist?«

Manfred grinste. »Nicht nötig, ich hab 'ne Uhr mit Datumsanzeige.«

»Na, dann viel Spaß.«

Wintrup hinkte zurück an seinen Schreibtisch und überließ Manfred seinem Schicksal.

18

»Mama, warum können wir nicht direkt zu Hause bleiben, wenn wir sowieso dahin fahren?«

Katrin warf einen raschen Seitenblick auf Roberta,
die den großen Familienkombi in das Neubaugebiet von
Grimlinghausen lenkte. Die Kinder mitzunehmen, war
wohl doch keine so gute Idee gewesen.

»Ach, Hanna, ich find das so schön, dass ihr bei mir
seid und ich freu mich, wenn ihr noch ein paar Tage
bleibt«, antwortete sie dann an Robertas Stelle.

»Und wenn der Papa schon fertig ist?«

»Du weißt doch, das geht nicht so schnell.«

Roberta musste einem dunkelgrünen Wagen auswei-
chen, der ihr auf der engen Wohnstraße entgegen kam,
und irgendetwas an dem Auto kam Katrin bekannt vor.
Sie hatte jedoch keine Zeit darüber nachzudenken, denn
Roberta, die schwungvoll in die Einfahrt ihres Hauses
gebogen war, bremste erschrocken ab. Vor ihr stand
ein schnittiger, schwarzer Wagen. Ein Subaru Impreza
Turbo, Peters ganzer Stolz.

»Ich hatte -, ich hatte nicht gedacht, dass Peter da ist«,
murmelte sie irritiert.

Die Kinder stürmten bereits aus dem Auto. Nur
Tommy brauchte Hilfe mit seinem Kindersitz. Die Haustür öffnete sich und Peter Wickert trat heraus. Er wirkte

bleich und übernächtigt, aber er lächelte die Kinder tapfer an und breitete die Arme aus.

»Papi! Papi!«

Roberta stieg aus dem Wagen und sah Katrin an. »Scheiße. Was mache ich denn jetzt?«

Doch bevor Katrin antworten konnte, war Peter bereits auf die beiden zugekommen. Er trug Tommy auf den Schultern, David auf dem Arm, und Johanna führte ihn stolz an der Hand.

»Mama, der Papa will dir was sagen. Er ist fertig mit dem Bauen. Wir können hier bleiben.« Ihre blauen Augen strahlten, als sie hoffnungsvoll zu ihrer Mutter aufsah.

»Ich bin wirklich gerade fertig geworden«, bestätigte Peter und sah Roberta bedeutungsvoll an.

»Das ist ja wunderbar«, antwortete sie unsicher und blickte hilfesuchend zu Katrin. Sie wirkte erschrocken, überrumpelt. Aber Peter ließ sich nicht aus dem Konzept bringen.

»Ich wollte dich heute sowieso anrufen, Roberta. Wir müssen reden. Komm bitte mit rein. Ich möchte dir jemanden vorstellen, einen Freund, der in Schwierigkeiten ist.«

Wieder blickte er Roberta fest in die Augen.

Ihr Blick wanderte verwirrt von Peter zu Katrin.

»Kommst du mit?«, fragte sie ihre Freundin.

Katrin sah fragend in Peters Richtung, und dieser lächelte aufmunternd. »Klar, komm mit rein, Katrin. Du möchtest doch sicher auch meinen Freund kennen lernen.«

Sie gingen ins Haus, die Erwachsenen schwiegen, aber die Kinder waren nicht zu halten. Kaum waren sie drinnen, da stürmten sie auch schon die Treppe hoch, um ihre Zimmer in Beschlag zu nehmen und die Spielzeuge hervorzukramen, die sie in den letzten Tagen vermisst hatten.

Die anderen gingen ins Wohnzimmer, wo ein kräftig gebauter, blonder Mann am Fenster stand und in den immer noch an eine Baustelle erinnernden Garten starrte. Als die drei das Zimmer betraten, drehte er sich um. Sein Blick war ausdruckslos, er wirkte erschöpft, krank, wie ein gehetztes Tier.

Katrin erstarrte. Ihre Finger verkrampften sich und ihr Magen fühlte sich plötzlich an wie ein dicker, tonnenschwerer Stein. Sie starrte den Mann fassungslos an, und er erwiderte stumm ihren Blick. Es war Hansi Meister.

Manfred Kabritzky gähnte. Er hatte aufgehört, die Ausgaben zu zählen, die er durchgeblättert hatte. Sein Verstand sagte ihm, dass es nichts brachte, weiter nach der Stecknadel im Heuhaufen zu suchen, vor allem, weil er nicht einmal wusste, wie diese Stecknadel eigentlich aussah. Aber er schwor darauf, dass sein Instinkt ihn niemals trog.

Obwohl er der Presse offiziell nichts darüber erzählt hatte, so hatte Halverstett ihm gegenüber jedoch angedeutet, dass es da ein Foto gab, das Claudia Heinrich, Erik Stein und Andreas Schäfer zusammen zeigte, und zwar als etwa Zehnjährige. Er hatte noch ein bisschen bohren müssen, um zu erfahren, dass auf diesem Bild noch zwei weitere Kinder zu sehen waren, Kai Rutkowski, der gestern nur knapp einem Mordanschlag entgangen war, und Hans Meister. Letzteres hatte ihn schockiert. Niemals hatte er erwartet, dem Namen seines harmlosen, unbedarften Kollegen aus der Sportredaktion einmal im Zusammenhang mit einer Mordermittlung zu begegnen. So wie es aussah, war er im Augenblick sogar der Hauptverdächtige.

Manfred war sofort der Abend eingefallen, als er mit Katrin noch spät in die Redaktion gekommen war, um seine vergessene Tasche zu holen. Er erinnerte sich an Hansis merkwürdiges Verhalten und Katrins spontanen Verdacht, dass mit diesem Mann etwas nicht stimme. Er dachte an Katrin. Ob sie das mit dem Foto wusste? Er stellte sich ihr triumphierendes Grinsen vor, wenn sie herausfand, dass sie Recht behalten hatte. Aber dann fiel ihm ein, dass er wohl kaum dabei sein würde, wenn sie es erfuhr, und er beugte sich rasch wieder über die Zeitung, die er gerade studierte. Er war mittlerweile im Juli 1977.

Eine halbe Stunde später passierte es. Er hätte den Artikel beinahe überschlagen. Die Ausgabe war vom zwanzigsten Oktober und gespickt mit Berichten über den Kampf gegen den linken Terrorismus. Am Tag zuvor hatte man in Mühlhausen Hanns Martin Schleyer tot im Kofferraum eines grünen Audi 100 gefunden.

Aber da war eine kleine Notiz im Lokalteil. Ein paar Zeilen nur, doch sie ließen alles in neuem Licht erscheinen. Vor allem die Frage, wer nun wirklich ein Motiv hatte, Amok zu laufen und nach fast dreißig Jahren drei Menschen zu töten, die damals noch Kinder waren.

19

Erna Fassbender starrte aus dem Fenster auf den Rasen. Bis vor wenigen Augenblicken hatten die Kinder hier noch gespielt. Claudia war dabei gewesen, Erik, Hansi und Andreas, oder war es Kai? Vor ein paar Minuten waren sie plötzlich davon gestürmt. Oder war das schon länger her? Erna seufzte. Man verlor jedes Gefühl für Zeit, wenn man allein am Küchentisch saß und sich auf ein schwieriges Strickmuster konzentrierte.

Erna blickte sich suchend um. Alles war still. Unheimlich still. Der Lärm der spielenden Kinder hatte etwas Beruhigendes gehabt, etwas Vertrautes. Er war ein Zeichen dafür gewesen, dass alles normal war. Die Stille war etwas Bedrohliches. Erna hatte gelernt, der Stille zu misstrauen. So wie jener angstvollen Stille zwischen dem Fliegeralarm und dem Motorengeräusch der Bomber.

In der Stille werden die Ängste plötzlich ganz groß. Der Alltag mit seinen beruhigenden Ritualen ist weit, weit weg, und wenn man nichts hört, sind die eigenen Gedanken entsetzlich laut.

Erna ging quer durch die Wohnung ins Schlafzimmer, dessen Fenster zur Straße hin lag. Sie spähte hinaus, und das beklemmende Gefühl, das sie beim Blick in den verlassenen Garten überkommen hatte, war wie weg-

geblasen. Auf der gegenüberliegenden Straßenseite, auf dem Kirchenvorplatz, standen Gudrun Lange und Brigitte Wildmeister und schwatzten, die Frau des Küsters putzte Fenster, und jetzt trat Gerd Rutkowski aus der Tür drei Häuser weiter und ging mit eiligen Schritten auf den Fürstenplatz zu. Es war kurz vor sechs. Er hatte wohl heute Nachtschicht.

Erna Fassbender beobachtete eine Zeitlang das Treiben auf der Straße. Dann ging sie zurück in die Küche. Als sie gerade nach ihrem Strickzeug greifen wollte, hörte sie auch die Kinder plötzlich wieder. Sie stürmten die Kellertreppe hoch und preschten in den Garten. Erna sah, wie der pummelige Erik ungeschickt die Holunderbüsche hochkletterte und über die Mauer im Nachbargarten verschwand. Claudia verzog sich in die entgegengesetzte Richtung. Die anderen waren so schnell verschwunden, dass Erna nicht einmal genau gesehen hatte wohin. Sie lächelte. Die spielten sicher Verstecken. Sie setzte sich an den Küchentisch. Alles war in Ordnung. Die Stille hatte ihre Bedrohlichkeit verloren.

Klaus Halverstett trat ärgerlich ans Fenster und ließ seinen Blick über den Parkplatz vor dem Polizeipräsidium gleiten. Ein Beamter in Uniform führte einem Kollegen sein neues Motorrad vor, ein Mädchen turnte an der Schranke, die unbefugte Besucher fernhielt, während ihre Mutter ungeduldig wartend daneben stand, und neben einem roten Toyota stritten sich ein paar Spatzen um ein halbes Leberwurstbrötchen.

»Dieser Mann kann sich doch nicht einfach in Luft auflösen!«

»Wenn der rechtzeitig geahnt hat, dass wir ihm auf der Spur sind, dann hat er vielleicht die Stadt verlassen, bevor wir die Fahndung eingeleitet haben«, gab Rita Schmitt zu bedenken.

Halverstett starrte immer noch aus dem Fenster. Das Mädchen war mit seiner Mutter weitergegangen, und der Kollege vertrieb die Spatzen, als er mit seinem Motorrad eine elegante Schleife über den Parkplatz drehte.

»Oder wir jagen den falschen Mann. Wer sagt uns, dass es nur um die fünf Kinder auf dem Foto geht? Vielleicht zeigt das Bild nicht die gesamte Clique. Was, wenn einer fehlt, und das hat uns in die Irre geführt? Welche Veranlassung haben wir eigentlich zu glauben, dass Hans Meister nicht das nächste Opfer sein könnte? Womöglich finden wir ihn nicht, weil er längst tot ist.«

Halverstett wandte sich vom Fenster ab. »Da stimmt was nicht, Rita. Irgendein Teil passt nicht ins Puzzle.«

In diesem Augenblick klopfte es an der Tür. Ein junger Polizeibeamter trat ein. Er reichte Halverstett eine geöffnete Aktenmappe, deren Ränder vollkommen vergilbt waren.

»Hier, ich dachte, das könnte euch interessieren. Der alte Krüger hat sich da an was erinnert. Ich habe mal die Akte rausgesucht.«

Er reichte Halverstett die Mappe. Der überflog die aufgeschlagene Seite und blickte Rita Schmitt an.

»Verdammt«, murmelte er dann. »Ich fürchte, wir jagen tatsächlich den falschen Mann.«

Katrin erwachte allmählich aus ihrer Erstarrung. Hans Meister fixierte sie immer noch mit unergründlichem Blick. Katrin berührte Roberta am Arm.

»Roberta«, flüsterte sie, »das ist –«

»Ja, ich dachte mir, dass ihr euch kennt.« Peter machte einen Schritt ins Wohnzimmer. »Hansi ist ein Kollege von Manfred, stimmt's? Roberta, das ist Hans Meister. Wir sind in eine Klasse gegangen. Wir waren die größten Fortunafans der Schule.« Er lachte. »Verdammt lang her, was, Hansi?«

Peter stupste Hansi mit dem Ellbogen an, aber der reagierte nicht. Er starrte immer noch wortlos auf Katrin, so als hinge es allein von ihr ab, was er als Nächstes tun würde.

Roberta war bleich geworden. Ihr Blick schoss an die Zimmerdecke, nach oben, wo das Lachen der drei friedlich spielenden Kinder unnatürlich laut klang.

»Verlassen Sie mein Haus«, stieß sie schließlich hervor, »auf der Stelle.«

Peter warf einen entgeisterten Blick auf seine Frau. Katrin wurde noch eine Spur blasser, ihre Hand tastete nach dem Türrahmen. Dann fixierte sie Hansis Hände, die begonnen hatten, unruhig zu zucken.

»Roberta, dieser Mann ist ein Freund, und er braucht Hilfe«, sagte Peter.

»Dieser Mann ist ein Mörder, und er verlässt sofort mein Haus.«

Robertas Stimme war fast tonlos, aber sie klang fest und entschlossen. Katrin schoss das Bild einer Löwin durch den Kopf, die ihre Jungen verteidigt, auch wenn es das eigene Leben kostet.

»Er ist kein Mörder.«

Katrin hörte ihre eigene Stimme viel zu laut und fremd durch den Raum hallen. Jetzt starrten alle drei in ihre Richtung. Aber Katrin ließ sich nicht verunsichern.

»Er ist kein Mörder«, wiederholte sie mit fester Stimme. Sie blickte immer noch auf seine Hände. Sie hatte die rechte Hand des Mörders gesehen. Es war Nacht gewesen, und was sie gesehen hatte, war nicht mehr als ein kleiner Ausschnitt des Handgelenks gewesen. Aber sie war ganz sicher, dass der Arm, den sie in Erik Steins Wohnzimmer gesehen hatte, dünner gewesen war, zierlicher, fast wie der einer Frau. Es war sicher nicht Hans Meisters Arm gewesen.

Dann fiel ihr etwas anderes ein: Sie dachte an das grüne Auto, das ihnen auf dem Weg hierher begegnet und das ihr bekannt vorgekommen war. Sie war sich sicher, dass sie es schon einmal gesehen hatte, dass sie es kannte. Aber sie erinnerte sich nicht mehr, woher. Autos interessierten sie nicht sonderlich. Sie nahm sie nur oberflächlich wahr. Für sie sahen sie alle gleich aus, und das Einzige, was ihr daran wichtig war, war die Tatsache, dass man damit fahren konnte. Jetzt ärgerte sie sich über ihr Desinteresse. Denn sie war mit einem Mal fest davon überzeugt, dass dieser Wagen nicht zufällig in der Nähe von Robertas Haus aufgetaucht war. Vermutlich war der wahre Mörder Hansi bereits auf der Spur.

160

Katrin riss ihren Blick von Hansis Händen los. Ihre Gedanken überschlugen sich. Es gab da noch etwas, das sie bisher übersehen hatte. Wenn ihr doch nur einfiele, was es war! Sie spürte, dass sie den Schlüssel zu diesem Fall in der Hand hielt, dass sie nur noch herausfinden musste, wie er zu benutzen war.

Die anderen starrten sie immer noch wortlos an und warteten auf eine Erklärung.

Dann fiel es ihr ein...

»Katrin, du hast doch selber –«, begann Roberta.

»Ich habe mich geirrt«, unterbrach Katrin sie aufgeregt. »Der Mörder hat mich aufs Kreuz gelegt. Er hat uns alle auf Kreuz gelegt.« Sie zögerte einen Augenblick. Die anderen sahen sie erwartungsvoll an. Sie bemerkte, dass Hansis Gesichtsausdruck sich ein wenig entspannt hatte.

»Als ich gestern in Rutkowskis Werkstatt ankam, bin ich auf den Hof gefahren und aus dem Wagen gestiegen. Ich habe niemanden gesehen und nichts gehört, also bin ich um die Ecke zum Wohnhaus gegangen und habe mehrfach geklingelt. Niemand hat aufgemacht. Als ich zurück in den Hof kam, hörte ich das Motorengeräusch.«

»Ja und?« Roberta runzelte verständnislos die Stirn.

»Ich meine, ich hörte es laut und deutlich. Ich hätte es sofort beim Aussteigen hören müssen, wenn es da schon zu hören gewesen wäre, verstehst du?«

»Du meinst, Rutkowski hat –«

»Den Anschlag auf sich nur vorgetäuscht. Genau. Er ist der Mörder, stimmt's?«

161

Katrin blickte jetzt fragend in Hansis Richtung. Doch der schüttelte den Kopf.

»Nein, das stimmt nicht, Katrin. Der Mörder bin ich.«

20

Sie hörten Schritte auf der Kellertreppe und verstummten ängstlich. Dann hörten sie eine zaghafte Stimme.

»Hallo? Seid ihr hier? Andy? Claudia?«

Andreas verdrehte die Augen und schnaubte, verärgert darüber, dass er sich so leicht hatte verschrecken lassen.

»Martin.«

Er sah die anderen bedeutungsvoll an. Hansi, der der Tür am nächsten stand, sah ihn als Erster. Martin war Kais jüngerer Bruder. Er war erst sieben. Ständig nervte er sie, weil er unbedingt mitspielen wollte.

»Und? Was willst du?« Hansi verschränkte die Arme vor der Brust und reckte sich, damit er demonstrativ auf Martin hinuntergucken konnte.

Martin trat mit unsicheren Schritten in den kleinen Kellerraum, so als wollten seine dürren Beine ihm kaum gehorchen. Seine Augen wanderten verängstigt von einem zum anderen.

»Ich soll euch von Kai sagen, dass er heute nicht raus kann.«

»Wieso?«, herrschte Andreas ihn mit unnötiger Schärfe an.

»Stubenarrest.«

»Wieso das?« Andreas stemmte die Arme in die Hüften und machte ein Gesicht, als verhöre er einen Terroristen.

»Weiß nicht«, sagte Martin gedehnt. »Papa und Mama haben rumgeschrien, aber ich hab kein Wort verstanden.«

»Gut, du kannst gehen.«

Aber Martin blieb stehen.

»Ist noch was?«

»Kann ich nicht –«, er brach ab.

»Kann ich nicht was?«, mischte Hansi sich jetzt ein. Claudia und Erik sagten kein Wort. Claudia fummelte an ihrer Taschenlampe herum, die mal wieder einen Wackelkontakt hatte, und Erik beschäftigte sich mit einer Tüte Brausebonbons, die er kurz zuvor am Büdchen gekauft hatte. Mit schmuddeligen Fingern wühlte er darin herum, um die Bonbons mit Colageschmack herauszufischen, bevor er den anderen notgedrungen welche anbieten musste.

»Ich dachte, ich könnte vielleicht heute statt Kai bei euch mitmachen. Letzte Woche durfte ich doch auch. Als ich euch die Stinkbomben besorgt hab.« Martin stieß die Worte so schnell hervor, als wolle er verhindern, dass Andreas ihm bereits mitten im Satz ins Wort fiel.

»Letzte Woche war 'ne Ausnahme. Was wir machen, ist ernst und gefährlich. Das ist nichts für kleine Kinder. Wir sind doch kein Kindergartenclub!«, schnauzte Andreas verächtlich, und Erik vergaß für einen Augenblick seine Brausebonbons und lachte höhnisch.

»Such dir 'nen anderen Babysitter«, forderte er ihn auf.

164

»Ich bin nicht mehr im Kindergarten«, protestierte Martin, »ich bin im zweiten Schuljahr.«

Andreas versuchte es jetzt auf die väterliche Tour. »Wir tun gefährliche Dinge, Martin. Wir suchen Terroristen. Das sind diese Leute, die überall auf den Plakaten zu sehen sind. Und weißt du, was da noch dabei steht? Vorsicht! Schusswaffen! Das ist wirklich nichts für dich, Kleiner.«

»Aber ich könnte euch anders helfen«, schlug Martin eifrig vor. Andreas' veränderter Tonfall hatte ihm Hoffnung eingeflößt. Jetzt blickte Claudia von ihrer Taschenlampe auf.

»Vielleicht könnte er Botengänge machen oder so?«

Der Gedanke erschien ihr verlockend. Normalerweise war sie diejenige, die losgeschickt wurde, weil Mädchen unverdächtiger waren und bei Erwachsenen eher etwas erreichten.

»Ich finde, wir sollten geheim darüber beraten«, meinte Hansi. Er blickte auf Martin, der hoffnungsvoll von einem zum anderen sah.

»Gute Idee«, Andreas schob Martin in den Gang hinaus. »Du wartest draußen. Wir verkünden dir unseren Beschluss, wenn wir soweit sind.« Er schloss die Tür.

»Also ich bin dafür«, sagte Claudia rasch.

»Aber nicht so ohne weiteres«, meinte Hansi. »Woher sollen wir wissen, ob wir ihm trauen können. Was, wenn er nachher zu seiner Mami läuft und ihr alles erzählt? Du weißt, dass wir eigentlich nicht mehr hier im Keller spielen dürfen.«

Er warf einen vorwurfsvollen Blick auf Erik, der

jedoch nichts davon bemerkte und jetzt von Colage-schmack zu Zitrone überging.

»Und wie sollen wir feststellen, ob wir ihm trauen können?«

»Er muss schwören«, schlug Claudia vor. »Bei seinem Leben und dem seiner Nachkommen.«

»Was für Nachkommen?« Hansi sah Claudia irritiert an.

»Das sagt man so«, fauchte sie zurück.

»Haltet die Klappe! Nicht so laut!«, zischte Andreas. »Hat noch jemand 'nen Vorschlag?« Er blickte erwartungsvoll in die Runde.

»Warum nicht eine Mutprobe?« Erik stocherte in der Tüte herum, während er sprach. »Wenn wir eine machen mussten, dann muss er ja wohl auch, oder?«

»Genial.« Andreas grinste.

»Aber was denn diesmal? Wir hatten doch für uns schon kaum Ideen. Mir fällt bestimmt nichts ein.«

Hansi dachte daran, was er als Mutprobe hatte machen müssen. Steinchen werfen gegen Greimolds Fensterscheibe, bis der Mann es merkte und aus dem Haus kam. Greimold war der Küster, der gegenüber wohnte und nichts mehr zu hassen schien als Kinder. Der Platz vor der Kirche war groß und fast immer menschenleer; da gab es keinen Fluchtweg, kein Versteck. Greimold hatte ihn erwischt und am Ohr zu seinem Vater gezerrt. Natürlich hatte er die ganze Sache fürchterlich aufgebauscht und bei seiner Darstellung die Größe der Steine maßlos übertrieben. Aber sein Vater hatte dem Mann aufs Wort geglaubt. Die Tracht Prügel, die Hansi einkassiert hatte,

166

war ihm in schmerzhafter Erinnerung. Das Ganze war wirklich eine blöde Idee gewesen. Und das Schlimmste daran war, dass es seine eigene gewesen war.

Claudia stellte nervös die Taschenlampe auf den Boden. »Wir sollten etwas machen, was die Erwachsenen nicht mitkriegen. Sonst gibt's wieder Ärger. Etwas, was wir hier unten im Keller machen können.«

»Kellerasseln essen vielleicht?« Erik stopfte sich ein weiteres Brausebonbon in den Mund.

Andreas schüttelte den Kopf. »Das ist blöd. Er soll Angst haben, richtig Angst, damit er weiß, dass wir's ernst meinen, dass wir kein Babyverein sind.«

Hansi sah sich suchend um. Der Keller bot nicht gerade viele Möglichkeiten, eine Mutprobe zu inszenieren. Vielleicht konnte man Martin ja einsperren und eine Weile allein lassen. Das wäre schon ziemlich unangenehm, allein hier im Dunkeln, mit all den Spinnen, Kellerasseln und dem anderen Viehzeug. Hansi schüttelte sich bei dem Gedanken daran. Dann fiel sein Blick auf den alten Kühlschrank, den die Neugebauers in der Ecke deponiert hatten, und seine Augen leuchteten auf.

»Ich glaube, diesmal habe ich eine viel bessere Idee«, verkündete er nicht ohne Stolz und grinste die anderen triumphierend an.

Manfred Kabritzky stürmte aus dem Redaktionsgebäude. Im Laufen stopfte er hastig die Ausgabe des Morgenkuriers vom zwanzigsten Oktober 1977, die er ohne Dieter Wintrups Wissen hatte mitgehen lassen, in seine Ledertasche. Er sprang in seinen Landrover, startete den

Motor und gab Gas. So schnell es ging, raste er durch die Innenstadt in östlicher Richtung. Während er auf der Torfbruchstraße entlang fuhr, fischte er sein Handy aus der Tasche. Er wählte Halverstetts Büronummer. Aber er ließ es nur einmal klingeln, dann überlegte er es sich anders. Er konnte den Kommissar auch später noch anrufen. Ein kleiner Vorsprung konnte nichts schaden. Denn wenn die Polizei erst mal vor Ort war, gab es für ihn nichts mehr zu holen. Dann durfte er die Ereignisse doch sowieso nur noch von weitem verfolgen.

Sie riefen Martin wieder herein. Sie erklärten ihm, was er zu tun hatte.

»Du bleibst so lange drin, wie du's aushältst. Wenn wir finden, dass es lange genug war, dann bist du dabei.«

»Wie lang ist lange genug?«

»Das entscheiden wir nachher.«

»Und hört ihr auch bestimmt, wenn ich klopfe?«

»Hast du etwa Schiss?«

Martin schüttelte heftig den Kopf. Sie hievten die Gitterregale aus dem Kühlschrank und zogen die große Plastikschublade am Boden heraus. Martin kroch hinein. Es war ziemlich eng. Er musste die Knie bis ans Kinn ziehen und die Arme eng um die Beine schlingen, damit die Tür richtig schloss.

»Und ihr hört auch ganz bestimmt mein Klopfen?«

»Wir sind doch nicht taub«, schnauzte Andreas ungeduldig. Er gab Hansi ein Zeichen, und der schloss die Tür. Sekundenlang standen sie im Halbkreis um den Kühlschrank und starrten wie gebannt auf die weiße Tür.

168

Niemand sagte ein Wort. Schließlich brach Andreas das Schweigen.

»Nun, wir sollten mit unserer Besprechung weitermachen. Das kann 'ne Weile dauern.«

Sie setzten sich auf den Boden.

»Können wir ihn denn auch hören, wenn wir selbst reden?«, gab Claudia zu bedenken. Sie warf einen hastigen Blick auf den Kühlschrank.

»Klar«, beschwichtigte sie Erik, »der wird schon richtig feste gegen die Tür bollern, wenn er raus will. Das hören wir auf jeden Fall.«

Sie saßen im Schneidersitz auf dem Boden und warteten. Erik ließ die Tüte mit den Brausebonbons herumgehen. Da waren nur noch welche mit Orangengeschmack drin, und die mochte er nicht. Plötzlich hörten sie erneut Schritte auf der Kellertreppe. Sie fuhren erschrocken zusammen und sahen sich schweigend an.

»Nanu, wieso ist denn hier Licht?«

Es war Renate Neugebauers Stimme. Sie sprangen auf und horchten gebannt. Hansi wurde es heiß und kalt. Er dachte an die Schläge, die er letzte Woche bezogen hatte. Panisch blickte er hin und her. Die anderen schauten sich ebenfalls suchend um. Aber hier gab es kein Versteck. Erik schlüpfte durch die Tür. »Wenn die mich hier erwischt, bin ich fertig«, murmelte er und verschwand in Richtung des Ausgangs, der zum Garten hinausführte. Jetzt rannte auch Andreas los. Im Kellergang näherten sich Schritte.

»Los, wir kommen nachher zurück«, flüsterte Claudia und huschte durch die Tür. Hansi war wie gelähmt, er hörte die Schritte. Er blickte auf den Kühlschrank, in dem alles still war. Dann ertönte Renate Neugebauers Stimme.

»Ist hier unten einer? Hallo? Seid ihr das etwa, ihr ungezogenen Bürschchen? Na wartet, bis ich mit euren Eltern spreche!«

Jetzt gab es kein Halten mehr. Hansi stürmte durch die Tür und rannte und rannte, in den Garten, über die Mauer, noch ein Garten, noch eine Mauer, wieder ein Keller, ins Haus Nummer sieben, denn hier war fast nie abgeschlossen. Er hechtete durch den Keller in das Treppenhaus und auf die Straße, raste weiter, Richtung Fürstenplatz. Er machte erst an dem großen Brunnen halt. Hastig kletterte er auf die dicke Mauer und lief über den Rand bis zu der mittleren der drei imposanten Steinfiguren, die wachsam über den Brunnenbecken thronten. Die Gestalt war überlebensgroß und muskulös, saß breitbeinig da und hielt einen gigantischen Hammer in der rechten Hand, was Hansi bisher immer ein wenig Furcht eingeflößt hatte. Doch heute empfand er diese Demonstration roher menschlicher Muskelkraft als beruhigend, und er kauerte sich zwischen die Beine der Figur.

Er starrte in das schmutzige Becken, in dem eine Plastiktüte schwamm, Bonbonpapiere und eine Apfelkitsche. Er wusste nicht, wie lange er so dasaß. Die Gedanken kreisten in seinem Kopf wie ein Bienenschwarm. Irgendeiner musste zurücklaufen und Martin da rausholen. Irgendeiner. Nicht er. Bestimmt war längst einer zurückgelaufen. Claudia. Sie hatte doch gesagt: Wir kommen später zurück. Sicher war sie längst dagewesen. Irgendwer war längst dagewesen.

Er hatte keine Ahnung, wie spät es war, als er zögernd zurückschlenderte. Er musste sich zu jedem Schritt zwingen. Am liebsten wäre er für immer auf der Brunnenmauer geblieben, aber er wusste, was für ein Ärger ihm drohte, wenn er zu spät nach Hause kam.

Er ging nicht durch die Antoniusstraße nach Hause, sondern machte den Umweg durch die Remscheider Straße. Er kam gerade noch pünktlich zum Essen, aber er bekam kaum etwas herunter. Später trat er immer wieder unruhig ans Fenster, aber er konnte nichts in Erfahrung bringen. Er überlegte, ob er unter irgendeinem Vorwand noch mal hinausgehen sollte. Hier auf der Kirchfeldstraße wohnte er so abgelegen, dass er gar nichts mitbekam. Aber dann musste er schon ins Bett.

So kam es, dass er erst am nächsten Morgen erfuhr, dass man den kleinen Martin Rutkowski tot aufgefunden hatte. Er hatte sich selbst in einen alten Kühlschrank im Keller eingesperrt und nicht mehr befreien können. Und so war er qualvoll erstickt. Die Nachbarn standen mit ernsten Gesichtern auf der Straße, sprachen im Flüsterton miteinander und schüttelten fassungslos den Kopf.

Martin Rutkowski starb am gleichen Tag wie jener andere Martin, Hanns Martin Schleyer, der von Terroristen entführt und schließlich brutal ermordet worden war. Während die Zeitungen voll von jenem anderen, spektakulären Todesfall waren, war der kleine Junge aus Friedrichstadt nur eine Randnotiz wert.

21

Hans Meister starrte durch das Seitenfenster, aber er sah nichts. An ihm vorbei rauschten vereinzelte Häuser, Wiesen und Felder. Dann überquerten sie den Rhein und fuhren Richtung Düsseldorf Innenstadt. Häuserzeilen türmten sich rechts und links von ihm auf, dann erschien auf der Seite eine große Kirche, als der Wagen von der Friedrichstraße in den Fürstenwall bog. Hans sah nicht viel von alledem. Er starrte ins Leere. Noch nie in seinem Leben hatte er so sehr das Gefühl gehabt, versagt zu haben, nicht einmal damals bei Martins Tod. Es war, als wäre ihm das letzte bisschen Kontrolle entglitten oder die letzte Chance, etwas wieder gutzumachen.

Das Auto bog wieder um die Ecke. Links lag jetzt das Polizeipräsidium. Roberta, die am Steuer saß, lenkte an den Straßenrand. Katrin drehte sich zu Hansi um.

»Ich komme mit rein. Ich kenne den Kommissar, der den Fall bearbeitet.«

Hans hob abwehrend die Hand. »Nein, das ist nicht nötig. Das mach ich allein.«

Katrin warf einen fragenden Blick zu Roberta. Diese zuckte die Schultern. Hans versuchte zu erklären. »Ich will –, ich muss das allein machen. Bitte.«

Katrin seufzte. »Also gut. Aber falls es irgendwelche

172

Probleme gibt, dann sollen die bei mir anrufen. Dann komme ich vorbei.«

Hans antwortete nicht. Er stieg aus dem Wagen und überquerte die Straße. Als er auf der anderen Seite angekommen war, drehte er sich noch einmal um. Die beiden Frauen starrten ihm besorgt hinterher. Er winkte ihnen zu und drehte sich wieder weg. Nach ein paar Schritten hörte er, wie der Wagen anfuhr und sich das Motorgeräusch langsam entfernte.

Hansi blieb stehen und musterte das Gebäude. Unsicherheit machte sich in ihm breit; sicherlich würde ihm niemand glauben. Er wurde schließlich als Mörder gesucht. Man würde ihn wahrscheinlich verhaften, ohne seine Erklärungen abzuwarten. Vielleicht sollte er doch besser nicht hineingehen?

Plötzlich ertönte eine Stimme neben ihm. »Kann ich Ihnen vielleicht helfen?« Der Mann, der ihn angesprochen hatte, war ein wenig älter als er selbst, vielleicht Anfang fünfzig, und lächelte zuvorkommend.

»Ich – ich wollte eigentlich aufs Präsidium, aber –.« Er brach verunsichert ab.

Der Mann nickte. »Ja, das ist gut so. Ich bin froh, dass Sie sich freiwillig stellen, Herr Meister. Sie sind doch Hans Meister, oder?« Er blickte Hans fragend an.

Hans wurde blass, aber er protestierte nicht. Der Mann sprach weiter. »Ich bin Hauptkommissar Halverstett. Bitte bekommen Sie keinen Schreck. Ich weiß inzwischen, dass Sie nicht der Mörder sind. Wir sind gerade auf dem Weg zu Ihrem alten Freund Kai Rutkowski. Er ist der Täter. Kommen Sie, begleiten Sie mich dorthin. Wir können im Wagen reden.«

Er führte Hans zu einem Auto und hielt ihm die Beifahrertür auf. Hans stieg wie benommen ein. Er konnte kaum fassen, wie einfach alles mit einem Mal war.

Manfred Kabritzky parkte den grünen Landrover am Straßenrand. Dann schlenderte er zu Fuß auf den Hof der Autowerkstatt. Am Tor hing ein Schild, auf das jemand in großer, ungelenker Schreibschrift notiert hatte: Heute wegen Krankheit geschlossen.

Kabritzky tastete nach der Klinke, und das Tor schwang nach hinten. Es war unverschlossen. Er marschierte in den Hof und blickte sich neugierig um. Auf der rechten Seite befand sich eine bizarre Sammlung halb auseinandermontierter PKW. Ein uralter gelber Golf ohne Räder und Motorhaube, zwei vollkommen durchgerostete VW-Käfer und diverse japanische Modelle ohne Türen und mit ausgebauten Sitzen warteten darauf, endlich verschrottet zu werden.

Manfred marschierte Richtung Scheunentor, hinter dem sich die eigentliche Werkstatt befand und rüttelte an der Tür. Doch sie war verschlossen. Er zögerte kurz, dann wandte er sich ab und ging auf das Wohnhaus zu. Nachdem auf sein mehrmaliges Klingeln niemand reagiert hatte, beschloss der Journalist, sich auf eigene Faust ein wenig umzusehen. Er machte sich kurz an der Eingangstür zu schaffen und schlüpfte hinein. Sekundenlang blieb er im Flur stehen, aber nichts rührte sich. Rutkowski schien wirklich nicht zu Hause zu sein.

Hastig begann Manfred, die Zimmer abzusuchen. Er ahnte, dass er nicht viel Zeit haben würde. Rutkowski konnte nicht weit sein. Sicher würde er jeden Augenblick wieder eintreffen, und Manfred wollte auf gar keinen Fall von ihm überrascht werden.

Er durchwühlte die Schubladen im Schlafzimmer und fegte den gesamten Inhalt des Arzneischränkchens im Badezimmer mit dem rechten Arm ins Waschbecken. Neben Kopfschmerztabletten, einem Fieberthermometer und zwei Injektionsspritzen, befanden sich eine Anzahl Tabletten darunter, deren Namen Manfred nichts sagten. Er suchte weiter. Aber nirgendwo entdeckte er etwas, das Rutkowski den Mord an seinen Freunden aus Kindertagen nachgewiesen hätte; weder ein Fläschchen mit Zyankali, noch eine verdächtige Liste mit Adressen oder andere Notizen. Neben dem Telefon lag ein Terminkalender, aber auch der war lediglich angefüllt mit Reparaturterminen und Kundenadressen.

Manfred nahm sich jetzt die Küche vor. Er stöberte in den Einbauschränken, jedoch ohne Ergebnis. Auch ein Blick in die Besenkammer half ihm nicht weiter. Er schlug die Tür zu, stockte eine Sekunde und riss sie wieder auf. An den Haken auf der linken Seite hingen verschiedene Tüten, in denen offensichtlich Wäscheklammern, Putzlappen und ähnliche Dinge aufbewahrt wurden. Zwei dieser Tüten waren knallgelb und hatten einen blauen Aufdruck. Genau wie die, die aus dem Kühlschrank in Erik Steins Wohnung geklaut worden war.

Manfred Kabritzky pfiff durch die Zähne. Na, wenn das kein guter Anfang war. Eine Plastiktüte war natürlich kein Beweis, aber sie zeigte ihm, dass er auf der richtigen Spur war. Er schloss die Tür und warf einen suchenden Blick durch den Raum. Sekundenlang ruhte sein Blick auf dem Kühlschrank. Er zögerte. Dann öffnete er die Tür und spähte hinein. Zuerst entdeckte er nichts Auffälliges. Aber als er die untere Schublade aufzog, sah er es. Sein Atem stockte. Neben ein paar verschrumpelten Möhren lag ein kleines gelbes Päckchen. Es war die zusammengewickelte Plastiktüte, die aus dem Kühlschrank in Erik Steins Wohnung verschwunden war. Manfred griff hastig danach und wickelte die Tüte auseinander. Dann warf er einen Blick hinein. Im Inneren befand sich ein kleiner Karton, der fünf kleine gläserne Ampullen enthielt. Manfred entzifferte die Aufschrift. Er stieß einen überraschten Laut aus. Das erklärte zumindest, warum Kai Rutkowski wegen dieser Tüte eingebrochen war. Er hatte sie dringend gebraucht. Sehr dringend vermutlich.

Manfred legte die Tüte zurück. Er marschierte ins Wohnzimmer und sah sich um. Der Raum war muffig, eng und vollgestopft mit einer Mischung aus altem und neuem Krempel. Die Couch sah aus, als hätte Rutkowski sie von seiner Urgroßmutter geerbt. Der Bezug mit dem großflächigen Blumenmuster war verschlissen. Auf dem niedrigen Tisch davor drängte sich ein Sammelsurium aus Bierflaschen, Zigarettenpackungen, Zeitungen und einer halbleeren Chipstüte. An der rechten Zimmerwand befand sich ein billiger Kiefernschreibtisch, auf dem ein Computer stand, umringt von Zetteln und Papierstapeln.

In der linken Ecke unter dem Fenster stand ein Fernseher auf einem kleinen Holztischchen. Daneben auf dem Boden lagen ein paar Videokassetten. Offensichtlich waren es selbstaufgenommene Filme. Wahllos langte er nach einer Kassette und studierte den Titel. Autopsie I und II stand auf der Hülle. Kabritzky zog verwundert die Augenbrauen hoch. Hatte sich da etwa jemand besonders intensiv auf seine Tat vorbereitet? Oder hatte Kai Rutkowski einfach nur Interesse an der Medizin? Er studierte die Titel der anderen Filme, aber die waren nicht besonders bemerkenswert. Zwischen diversen Softpornos, die Rutkowski offensichtlich aus dem Nachtprogramm aufgezeichnet hatte, fand er den Paten, Teil eins und zwei, so wie mehrere Tatortfolgen.

Kabritzky ließ erneut seinen Blick durch das Zimmer schweifen. Schließlich fiel sein Blick auf einen Bücherstapel unter dem Computertisch, den er bisher übersehen hatte. Er machte ein paar Schritte auf den Stapel zu und las den Titel des obersten Exemplars. Ökologisches Stoffgebiet. Er runzelte verwirrt die Stirn. Was war denn das? Er schlug das Buch auf und blätterte. Ihm stockte der Atem. Er wusste, dass er gefunden hatte, was er suchte. Einige Stellen waren mit Textmarker angestrichen. Er fing an zu lesen.

»Unter Ersticken versteht man eine Mangelversorgung innerer Organe und des Gehirns mit Sauerstoff.«

Manfred schluckte entgeistert. Dieser Typ war ja vollkommen krank.

Er las die nächsten Sätze. Aber er kam nicht weit.

Plötzlich ließ ein Geräusch ihn erstarren. Eine Stimme fragte mit gestellter Liebenswürdigkeit:

»Was gefunden?«

Manfred fuhr herum. Im Türrahmen stand ein Mann. Er war schlank, hatte mittelblonde, kurz geschorene Haare und fixierte ihn durch die Gläser seiner Brille. Heute trug er keinen Arbeitsoverall, sondern Jeans und dunkelroten Pulli. Er lächelte kalt, und in der rechten Hand hielt er eine Pistole. Sie war genau auf Manfreds Kopf gerichtet.

22

»Ich komme mir so lächerlich vor.«

Roberta Wickert kroch unter Katrins Bett hervor, einen Teddy in der Hand. Sie steckte ihn zu den anderen Spielsachen in eine große Plastiktüte. Sie und Katrin waren damit beschäftigt, zu packen.

»Das brauchst du nicht«, erwiderte Katrin bestimmt. »Er hätte dich einweihen sollen. Von Anfang an. So wie er sich verhalten hat, hätte man wirklich auch etwas anderes vermuten können.«

»Peter hat erwartet, dass ich ihm vertraue. Und ich habe versagt.«

Katrin stopfte schmutzige Kinderwäsche, ein paar einzelne Socken und eine Schlafanzughose, in eine Reisetasche.

»Nein«, konterte sie mit ernster Stimme. »Er hätte dir vertrauen sollen. Er hat versagt.« Als Roberta nicht sofort antwortete, sondern nachdenklich auf der Bettkante verharrte, fuhr sie fort. »Warum hat er denn dir gegenüber so ein großes Geheimnis daraus gemacht?«

»Ich glaube, er war mit der ganzen Geschichte überfordert. Peter ist sehr gutmütig. Er will es immer allen recht machen. Leider neigt er dabei dazu, wichtige Entscheidungen aufzuschieben. Manchmal muss man einfach einen Entschluss fassen, selbst auf die Gefahr hin, dass er sich später als falsch erweist.«

Katrin spielte nachdenklich mit dem Reißverschluss der Reisetasche. »Ich weiß auch nicht, was ich getan hätte. Aber ich denke, manchmal muss man vielleicht sein Wort brechen, um Schlimmeres zu verhindern. Die Situation ist ganz schön verfahren. Ein alter Schulfreund ruft dich an, weil er verzweifelt ist. Er hat als elfjähriger Junge gemeinsam mit drei Freunden eine schreckliche Schuld auf sich geladen, die ihn nie richtig losgelassen hat. Jetzt werden diese Freunde nacheinander ermordet. Er ahnt, wer dahinter steckt, aber er geht nicht zur Polizei, weil er sich schuldig fühlt. Irgendwo in seinem Inneren denkt er, dass das jetzt vielleicht die gerechte Strafe ist, dass er jetzt endlich für seine Schuld sühnen muss. Aber er kann diese Last nicht allein tragen, er braucht jemanden, dem er sich anvertrauen kann; keinen von seinen Kumpels aus der Kneipe, keinen Kollegen, sondern jemanden, den er als echten Freund empfindet, den Freund aus alten Schultagen, mit dem er zusammen Fußballbilder getauscht hat, auf dem Platz gestanden und um das Schicksal von Fortuna gebangt hat.«

»Das ist ein weißer Schimmel«, kommentierte Roberta trocken. »Schicksal von Fortuna. Fortuna heißt Schicksal.«

»Lenk nicht vom Thema ab«, mahnte Katrin, aber sie musste trotzdem erleichtert grinsen. Seit sie ins Auto gestiegen waren, um die Sachen zu holen, war dies der erste Satz, in dem Roberta sich keine Selbstvorwürfe machte.

»Also kurz gesagt, ich hätte auch keine Patentlösung parat, was man in so einer Situation macht. Aber gerade deshalb hätte ich mit jemandem geredet. Peter hätte es dir erzählen sollen, finde ich. Was hat er denn geglaubt, was du tust? Direkt zur Polizei rennen? Das wäre vermutlich sogar besser gewesen. Der dritte Mord hätte vielleicht verhindert werden können, wenn die Polizei rechtzeitig eingeschritten wäre.«

»Da wusste Peter doch noch nicht die volle Wahrheit«, stieß Roberta empört hervor. »Glaubst du, er hätte sonst nicht gehandelt? Hansi hat ihm alles nur so nach und nach erzählt, den Zusammenhang mit den aktuellen Morden hat Peter erst heute Morgen begriffen.«

»Und da hätte er direkt zur Polizei gehen sollen, statt stundenlang zu überlegen, was zu tun ist.«

»Du hast doch gehört, was Hansi gesagt hat. Er will gar nicht, dass Kai Rutkowski geschnappt wird. Er glaubt, dass Kai seinen kleinen Bruder rächen muss. Seiner Meinung nach tut er nur das, was er schon vor Jahren hätte tun sollen.«

Katrin starrte Roberta an.

»Genau das ist es, was ich nicht verstehe. Warum er es nicht schon vor Jahren getan hat. Ich meine, warum lebt der fast dreißig Jahre friedlich vor sich hin und rastet dann völlig aus? Das begreife ich nicht.«

Katrin zog nachdenklich den Reißverschluss zu. Roberta musterte die Tüte mit den Spielsachen.

»Der kleine Martin war etwa so alt wie mein David.«

Sie schauderte. »Schrecklich.« Dann schüttelte sie den

Gedanken ab. »Ob die Polizei Rutkowski schon verhaftet hat? Ich hoffe, die haben Hansi die Geschichte geglaubt. Ich hatte so ein komisches Gefühl, als wir ihn vorhin vor dem Präsidium abgesetzt haben.«

»Ich auch. Aber er wollte es ja so.«

»Meinst du, man könnte mal anrufen? Nur um sicher zu gehen, dass alles klar ist?«, schlug Roberta vor.

»Ich mach das«, antwortete Katrin. »Ich rufe Halverstett nachher an. Der springt mir bestimmt an die Gurgel, weil ich mich schon wieder in seine Ermittlungen reinhänge, aber diesmal kann ich ja wirklich nichts dafür.«

Sie wollten ihm diese Morde anhängen. So ein Blödsinn. Als würde er eine solch dilettantische Stümperei abliefern. Jeder Vollidiot konnte sehen, dass hier ein Anfänger am Werk war. Irgendwer, der sich nie mit der Thematik auseinander gesetzt hatte. Wenn er jemanden umbrächte, dann würde er eine saubere Arbeit abliefern. Diskret, elegant und ohne Spuren zu hinterlassen.

Dieser Schwachkopf hatte doch so ziemlich alles verkehrt gemacht, was man nur verkehrt machen kann. Außerdem steckte dahinter überhaupt kein Plan, kein System. Der mordete einfach herum, wie es ihm gerade einfiel und hinterließ dabei eine Spur so dick wie eine Autobahnschneise. Den würden sie doch früher oder später schnappen.

Er hatte darüber nachgedacht, der Polizei ein bisschen unter die Arme zu greifen. Ja, genau genommen, hatte er der Polizei ja bereits heftig unter die Arme gegriffen, aber diese verbeamteten Volltrottel standen immer noch auf der Leitung. Und er hatte jetzt den Ärger. Irgendwie hatte er immer den Ärger. Es war wie verhext. Er hatte nie jemandem etwas getan, und doch war er immer irgendwie an allem Schuld. Aber diesmal würde er es sich nicht mehr gefallen lassen. Sie hatten lange genug alles bei ihm abgeladen. Diesmal würde er endlich zurückschlagen.

Manfred Kabritzky blickte sich zum wiederholten Mal suchend in seinem Gefängnis um. Kai Rutkowski hatte ihm sein Handy abgenommen, ihn gefesselt, geknebelt und in einen Schuppen gesperrt, der auf der Rückseite der Scheune lag, in der sich die Werkstatt befand. Dann hatte er Manfreds Füße mit einem Seil an einem eisernen Ring befestigt, der in den Boden eingelassen war. Das Tageslicht drang durch die Ritzen zwischen den Holzlatten, und dumpf und weit entfernt war das monotone Motorengebrumm der Landstraße auszumachen. Sonst hörte Manfred nichts außer dem Summen einer Fliege, die um seinen Kopf schwirrte, und dem gelegentlichen Zwitschern eines Vogels, der es sich auf dem Dach des Schuppens bequem gemacht hatte.

Es stank muffig nach einer Mischung aus Schimmel und altem Dung. Der Ring, an den er gefesselt war, schien trotz einer dicken Rostschicht robust und widerstandsfähig zu sein. Wer weiß, vielleicht wurden daran früher Bullen festgemacht?

Manfred saß auf dem nackten Beton mit dem Rücken zur Wand und suchte mit den Augen das Innere des Schuppens nach etwas ab, das er als Werkzeug benutzen konnte. In solchen Schuppen befanden sich oft alte Geräte, vielleicht entdeckte er eine Sense, an der er seine Fesseln aufschneiden konnte. Aber er sah nichts, nur ein paar Balken, eine alte Leiter und ein bisschen Stroh auf dem Boden.

Manfred starrte resigniert auf seine Schuhspitzen. Er wünschte sich plötzlich, dass er nicht ganz so überstürzt gehandelt hätte. Er hätte in der Redaktion Bescheid sagen sollen. Er hätte Katrin anrufen sollen, die würde ihn schon irgendwie finden. Katrin fand immer einen Weg, und wenn er mit dem Kopf durch die Wand führte.

Seine Gedanken stockten. Nein, Katrin nicht, die hätte ja sowieso wieder aufgelegt, sobald sie seine Stimme gehört hätte. Er kickte wutentbrannt ein kleines Steinchen weg. Doch es rollte nicht weit, denn der Bewegungsradius seiner aneinender gefesselten Beine war sehr gering. Wenn er jetzt hier krepierte, dann waren seine letzten Worte zu Katrin ein paar pubertäre Chauvisprüche aus falsch verstandener männlicher Solidarität gewesen. Er wusste nicht warum, aber der Gedanke daran setzte ihm mehr zu als die Vorstellung, in diesem stickigen Schuppen elendig zu verrecken.

Was hatte Rutkowski überhaupt mit ihm vor? Warum hatte er ihn nicht direkt umgebracht? Musste er sich erst überlegen, welche Form des Erstickens für einen Idioten wie ihn angemessen war?

Peter Wickert trat durch die Verandatür in den Garten. Roberta saß auf einem Sack Zement, der für das Fundament der Terrasse bestimmt war. Sie hatte sich eine Strickjacke umgehängt und starrte auf die Burg, die ihre Kinder aus dem Bausand angefertigt hatten. Peter setzte sich neben sie auf einen wackeligen Stapel Steine.

»Hier.«

Er hielt ihr ein Päckchen Zigaretten hin.

»Du weißt doch, dass ich nicht rauche.«

»Ich auch nicht.« Er steckte sich eine Zigarette an und reichte sie seiner Frau. »Betrachte sie als Friedenspfeife.«

Ihr Kopf fuhr herum. Einen Augenblick lang fürchtete er, sie würde wieder anfangen, ihn zu beschimpfen. Aber dann griff sie nach der Zigarette. Sie nahm einen tiefen Zug und blies den Rauch von ihm weg Richtung Verandatür. Peter fingerte eine zweite Zigarette aus dem Päckchen. Eine Weile lang rauchten beide schweigend.

»Ich habe mir für den Rest der Woche Urlaub genommen«, sagte Peter schließlich. »Dann können wir in Ruhe die letzten Sachen einräumen, und vielleicht fange ich sogar mit der Terrasse an.«

Roberta antwortete nicht sofort. Peter nahm ihre Hand und drückte sie. »So schnell lassen wir uns nicht unterkriegen, oder? Wir haben doch schon ganz andere Dinge gemeinsam bewältigt.«

Roberta hatte ihre Zigarette aufgeraucht und drückte die Kippe auf dem Boden aus.

»Gut, wenn das so ist, dann fang doch mal mit den zwei Kartons an, die im Schlafzimmer rumstehen. Da sind sowieso nur Sachen von dir drin. Und dann kannst du den Kindern Abendbrot machen. Ich lege mich erst mal in die Badewanne. Das hätte ich schon längst mal wieder machen sollen.«

Sie erhob sich und schob die Verandatür auf. Auf der Schwelle drehte sie sich noch einmal um. Auf ihren Lippen lag ein schwaches Lächeln, und Peter wusste, dass das Schwierigste überstanden war.

23

Klaus Halverstett klang etwas ungehalten, als er den Anruf auf seinem Handy entgegennahm.

»Ja, was denn?«

»Katrin Sandmann hier. Ich wollte Sie nicht stören, aber ich habe ein ungutes Gefühl. Ist Hans Meister bei Ihnen gewesen? Haben Sie Rutkowski verhaftet?«

»Meister? Ich verstehe nicht. Wieso sollte der bei mir gewesen sein?«

»Verdammt.«

»Frau Sandmann, ich weiß nicht, wo Sie da wieder Ihre Nase reingesteckt haben, aber sagen Sie mir sofort, was los ist.«

»Hans Meister ist unschuldig.«

Katrin stockte kurz, die Worte gingen ihr schwer über die Lippen, denn das Bild eines kleinen Jungen, eingequetscht in ein dunkles, todbringendes Gefängnis drängte sich in ihr Bewusstsein. »Rutkowski war's. Er hat den Anschlag auf sich nur vorgetäuscht.«

»Soviel wissen wir inzwischen auch. An diesem Anschlag stimmte so einiges nicht. Die Kopfverletzung war viel zu oberflächlich. Dadurch hätte er nie das Bewusstsein verloren. Außerdem war da so gut wie gar kein Benzin im Tank. Der Wagen wäre innerhalb von Minuten wieder ausgegangen. Wir sind gerade in seinem

Haus. Leider ist er uns entwischt. Er hat die Leute, die ihn beschatten sollten, abgehängt. Aber was ist mit Meister? Sie haben ihn gesehen? Lebt er?«

Katrin schluckte. Halverstett schaffte es wirklich, eine Sache mit wenigen Worten auf den Punkt zu bringen.

»Vor zwei Stunden hat er noch gelebt. Da haben wir ihn vor dem Präsidium abgesetzt. Hat er sich wirklich nicht bei Ihnen gemeldet?«

»Moment mal.«

Katrin hörte gedämpfte Stimmen. Sie musste eine Weile warten. Dann sprach Halverstett wieder zu ihr.

»Ich habe noch mal bei den Kollegen nachgefragt. Hans Meister hat sich nicht gestellt.«

»Mist. Ich hätte mit reingehen sollen. Ich habe so was geahnt. Bestimmt hat er es im letzten Augenblick mit der Angst zu tun gekriegt und gekniffen.«

»Jetzt bleibt leider nur die Frage, wer ihn eher findet, wir oder sein alter Freund.«

Katrin antwortete nicht sofort. Sie ärgerte sich über ihre Naivität. Hansi war ein Feigling; er war damals weggelaufen und hatte den kleinen Martin aus Angst vor einer Tracht Prügel sterben lassen. Sie hätte ahnen müssen, dass er wieder kneifen würde. Nur diesmal würde er seine Feigheit vielleicht mit seinem eigenen Leben bezahlen.

»Da ist noch etwas.«

Halverstetts Stimme klang plötzlich anders, mitfühlend, fast väterlich. So redet er bestimmt mit Angehörigen, denen er eine tragische Nachricht überbringen muss, dachte Katrin, und der Gedanke erschreckte sie.

»Ja?«

»Wir haben hier in Rutkowskis Haus eine ziemlich abgewetzte alte Ledertasche gefunden.«

Katrins Herzschlag setzte aus.

»Ich bin mir natürlich nicht ganz sicher, Frau Sandmann, aber ich glaube, sie gehört Kabritzky.«

Kai wusste nicht, was mehr schmerzte, seine brennende Wange, wo die Ohrfeige seines Vaters ihn getroffen hatte, oder die Empörung, die in seiner Brust stach. Was hatte er denn so Schlimmes getan? Wenn er sonst eine gewischt bekam, dann wusste er genau warum, aber diesmal fühlte er sich ungerecht behandelt, und die Tränen in seinen Augen waren Tränen der Wut und der Enttäuschung. Jetzt griff seine Mutter nach Vaters Arm, um ihn davon abzuhalten, ein zweites Mal zu schlagen.

»Bitte, Volker, der Junge weiß doch nicht, was er da tut.« Ihre Stimme klang flehend, beschwörend. Kai sah im Augenwinkel, wie Martin neugierig um die Ecke lugte, dann aber schnell wieder in der Küche verschwand. Volker Rutkowski hielt Kai das Plakat, den Stein des Anstoßes, unter die Nase und schüttelte es wild.

»Was soll das hier, was macht dieses – dieses Ding im Kinderzimmer? Weißt du überhaupt, was das ist? Was bildest du dir eigentlich ein, was du da tust?!«

Er hielt einen Augenblick inne, und der rechte Arm, den seine Frau immer noch umklammerte zuckte gefährlich. »Ich will so was nie, nie wieder in diesem Haus sehen. Haben wir uns da verstanden?«

Er sprach jetzt ruhiger, aber auch mit einer Kälte in

der Stimme, die Kai noch mehr fürchtete als seine überschäumende Wut. »Du bleibst für den Rest des Nachmittags im Kinderzimmer, um darüber nachzudenken,
was du getan hast.«

Kai wollte den Mund aufmachen, um zu protestieren.
Die anderen Mitglieder der Bande warteten im Keller auf
ihn, und nun war er mit dem Terroristenplakat erwischt
worden. Aber der warnende Blick seiner Mutter hielt
ihn davon ab, etwas zu sagen. Vater stieß ihn ins Kinderzimmer und Sekunden später ertönte das Geräusch
des Schlüssels im Schloss.

Kai hockte sich enttäuscht und verbittert auf sein
Bett. Er begriff immer noch nicht. Was hatte er denn so
Schlimmes getan? Ein Fahndungsplakat von der Haus-
wand gelöst und mitgenommen, ein paar Treffen im
Keller. Klar träumten sie davon, Terroristen zu fan-
gen, die Belohnung zu kassieren und reich zu werden.
Aber er war doch nicht dumm, kein kleines Kind mehr.
Er wusste genau, dass es im Grunde nur ein Spiel war,
dass keiner dieser Typen auf diesem Plakat auch nur
in der Nähe der Antoniusstraße in Düsseldorf auftauchen würde. Warum also war sein Vater so außer sich
geraten?«

Die Stimme seiner Mutter riss ihn aus seinen Grübe-
leien. »Der Junge weiß doch von nichts. Woher sollte er
wissen, dass er etwas Falsches tut.«

Kai hechtete zur Tür und presste sein linkes Ohr an
das Holz, um besser zu verstehen.

»Weiß von nichts, weiß von nichts. So wie du, was?!
Ihr seid eine Familie von ahnungslosen Unschuldsengeln,

190

hab ich Recht? Du hast dann wohl auch nichts gewusst, was?«

Kai glaubte, seine Mutter schluchzen zu hören und er presste sein Ohr so fest an die Tür, dass sein Kopf schmerzte.

»Aber ich konnte doch nicht ahnen...«, begann Angelika Rutkowski leise.

»So, du konntest also nichts ahnen.« Volker Rutkowski machte eine Pause. Kai hielt den Atem an. Dann hörte er ihn weiter sprechen. »Es ist deine Schuld, Angelika. Er ist dein kleiner Bruder. Du hättest besser auf ihn aufpassen müssen.«

Kai hörte nicht weiter zu. Er warf sich auf sein Bett und zog die Decke über den Kopf. Die Worte hämmerten in seinem Schädel. »Er ist dein kleiner Bruder. Du hättest besser auf ihn aufpassen sollen.« Was war passiert?

Drei Jahre später stand Kai im Postamt Schlange, um Briefmarken zu kaufen. Er hatte seit jenem Nachmittag einen Bogen um jedes Fahndungsplakat gemacht. Aber hier hing eines direkt an der Wand neben ihm und er konnte nicht anders und warf einen flüchtigen Blick darauf. Seine Augen ruhten länger auf den unscharfen Gesichtern in Schwarz-Weiß, als er beabsichtigt hatte, und dann blieben sie plötzlich an einem haften, das ihm vage bekannt vorkam. Er hatte seinen Onkel seit Jahren nicht gesehen und dieses Foto war ein wenig verwackelt. Doch er erkannte ihn trotzdem. Kai fuhr herum und jagte aus dem Postamt. Der Atem brannte ihm im Hals und seine Brust stach, doch er hörte nicht auf zu rennen, bis er zu Hause war.

Das war drei Jahre später gewesen, drei Jahre nachdem er diese Worte gehört hatte. »Er ist dein kleiner Bruder. Du hättest besser auf ihn aufpassen müssen.« Drei Jahre nachdem er gesehen hatte, wie sie Martin auf einer Bahre die Kellertreppe hinauftrugen, ganz komisch sah er aus, so steif und blau.

Er war in den Keller gestürmt an jenem schrecklichen Tag, in die hinterste Ecke, wo die ekligen, fetten Spinnen lauerten, und wo ihm die Kellerasseln über die Schuhe krochen. Dort hatte er stundenlang auf dem Steinboden gehockt und sich gewünscht, er läge selbst auf dieser Bahre. »Er ist dein kleiner Bruder. Du hättest besser auf ihn aufpassen müssen.«

Mit aufgerissenen Augen starrte er in die Ecke, er wusste nicht wie lange. Er wollte weinen, aber er konnte nicht, stattdessen musterte er mit trockenen, brennenden Augen den Boden und einen Stapel alter Zeitungen neben der Tür.

Das Gesicht eines Mannes erwiderte seinen Blick und brannte sich in sein Gedächtnis. Er hielt ein Schild fest. Seit zwanzig Tagen Gefangener der R.A.F. Er verstand die Worte nicht, doch er las sie wieder und wieder, weil er nicht wusste, woran er sich sonst festhalten sollte. Er fror, hatte Durst, aber niemand schien ihn zu vermissen, niemand rief nach ihm. Und er wünschte sich sehnlichst, er wäre tot.

24

Katrin knallte die Wagentür und spurtete auf das Haus zu. Hauptkommissar Halverstett trat gerade in den Vorgarten.

»Wir tun alles, was wir können, Frau Sandmann, glauben Sie mir. Bitte machen Sie sich keine allzu großen Sorgen. Kabritzky ist zäh. Der lässt sich nicht so leicht unterkriegen.«

Katrin hörte seiner Stimme an, dass er seinen eigenen Worten nicht ganz traute, und die Tatsache, dass dieser ruhige, erfahrene Polizeibeamte ganz offensichtlich nervös und besorgt war, machte ihr mehr Angst als alles andere.

»Haben Sie irgendeine Ahnung, wo sie stecken könnten?«

Halverstett schüttelte den Kopf. »Kabritzkys Landrover steht da drüben, Rutkowskis Wagen befindet sich im Hof. Ich vermute, er ist mit einem der anderen Autos weggefahren, die hier in der Werkstatt rumstehen. Aber bis wir rausgefunden haben, welches Auto fehlt, das kann dauern.«

Halverstett nahm Katrins Arm und führte sie zu ihrem Golf zurück.

»Das Beste ist, Sie warten zu Hause. Ich weiß, dass Ihnen das unendlich schwer fallen muss. Aber es ist das einzig Vernünftige. Sie können hier wirklich nichts tun.«

Katrin widersprach nicht. Benommen stieg sie ein und fuhr wieder auf die Landstraße. In ihrem Schädel herrschte panisches Chaos; Bilder und Wortfetzen jagten sich, aber sie konnte keinen einzigen klaren Gedanken fassen. Mechanisch lenkte sie den Wagen Richtung Düsseldorf. Sie passierte ein protziges Gasthaus, das unpassenderweise Schwarzwaldhaus hieß, dann tauchte zu ihrer Rechten das Neandertalmuseum auf, ein eleganter, moderner Bau, dessen Form ein wenig an eine gigantische Filmrolle erinnerte. Katrin nahm die Gebäude rechts und links nur schemenhaft wahr. Es war halb acht. Die letzten Strahlen der tief stehenden Abendsonne warfen lange, geisterhafte Schatten durch die hohen Laubbäume, deren Blätter gelblich schimmerten.

Hinter ihr ertönte empörtes Hupen, und ein Blick auf den Tacho zeigte ihr, dass sie nur vierzig Stundenkilometer fuhr. Es war, als wehrte sich alles in ihr, die Gegend zu verlassen. Sie hatte das beklemmende Gefühl, sich mit jedem Meter, den sie sich auf Düsseldorf zubewegte, weiter von Manfred zu entfernen. Ein Wagen überholte sie mit aufheulendem Motor und im Augenwinkel sah sie, wie der Fahrer ihr beim Vorbeifahren den Mittelfinger entgegenstreckte.

Auf der rechten Seite tauchte eine Gaststätte auf, die den merkwürdigen Namen ›Café Schräglage‹ trug. Die Außenwände waren mit Motorradteilen dekoriert.

Katrin bremste abrupt ab, lenkte den Wagen auf den

194

Besucherparkplatz und wendete kurz entschlossen. Sie konnte nicht hier weg. Sie konnte nicht tatenlos zu Hause herumsitzen. Sie würde zurück zur Werkstatt fahren. Vielleicht entdeckte sie etwas, einen Hinweis, den die Polizei übersehen hatte, irgendeine Nachricht, die Manfred hinterlassen hatte, und die nur sie verstand. Sie steuerte den Golf wieder auf die Landstraße und fuhr Richtung Mettmann. Diesmal gab sie Vollgas.

Aber sie kam nicht weit. Plötzlich hielt sie mit kreischenden Bremsen und lenkte den Wagen mit einer ruckartigen Bewegung auf einen Parkplatz am rechten Straßenrand. Sie hatte etwas gesehen.

Der kleine Platz war leer, bis auf einen einzigen Wagen, einen grünen Jaguar. Sie war sicher, dass es der gleiche war, den sie heute Mittag in Grimlinghausen gesehen hatte.

Katrin stieg aus und schloss behutsam die Wagentür. Die Waldluft war feucht und nebelig. Es roch nach modrigem Laub und Pilzen, und in dem waldigen Tal wurde es bereits dämmrig. Direkt an den Parkplatz grenzte eine kleine Wiese, dahinter rauschte unsichtbar die Düssel. Das Neandertal war an dieser Stelle sehr schmal und rechts und links der Landstraße wuchs der Wald steil in die Höhe.

Katrin lief auf den Wanderweg, der vom Parkplatz aus zu einer kleinen, alten Steinbrücke und über die Düssel führte. Sie blickte sich suchend um, aber alles schien verlassen und menschenleer. Wuchtige Felsbrocken, die ein wenig verloren den Pfad säumten, versperrten die Sicht.

Schon nach wenigen Schritten erschien die Brücke in ihrem Blickfeld. Auf dem steinernen Bau aus dem neunzehnten Jahrhundert hatte man ein modernes Geländer installiert. Damals hatte Sophie von Hatzfeld, die so genannte Rote Gräfin, die Brücke bauen lassen. Sie hatte hier im Tal einen Kalkofen betrieben.

Katrin blieb stehen und lauschte konzentriert. Aber sie hörte lediglich zwei Motorräder, die sich auf der Landstraße näherten. Das Motorengedröhn wurde lauter, dann jagten die schweren Maschinen vorbei. Sekunden später war das Plätschern der Düssel wieder das einzige Geräusch weit und breit. Katrin spähte ans andere Ufer. Dort stand ein Warnschild. Achtung Flutwelle. Bachbett nicht Betreten. Lebensgefahr.

Vor einigen Jahren waren an einer solchen Stelle spielende Kinder in einer Flutwelle ertrunken. Seitdem standen überall entlang der Düssel an den Brücken diese Warnschilder.

Katrin hielt einen Augenblick inne. Zögernd musterte sie den Waldweg, der hinter der Brücke steil den Berg hinaufführte. Sie glaubte, rechts neben sich eine Bewegung hinter einem der großen Steinbrocken wahrzunehmen, aber als sie sich umwandte, war nichts zu sehen. Mit klopfendem Herzen ging sie ein paar Schritte weiter.

Und dann sah sie ihn.

Manfred stand unter der Brücke auf einem merkwürdig geformten, hellen Stein. Er war geknebelt, und seine Augen waren mit einem Tuch verbunden. Seine Hände waren auf dem Rücken gefesselt, und auch um seine Beine wand sich eine gelbe Schnur, die aussah wie ein Stück Wäscheleine.

Um seinen Hals jedoch schlang sich ein straff gespanntes dickes Seil, dessen Ende am rechten Brückengeländer befestigt war. Katrins Herzschlag setzte aus. Ihre Kehle wurde trocken. Behutsam schlich sie näher. Sie war sich jetzt sicher, dass noch jemand in der Nähe war.

Als sie die Brücke erreichte, bemerkte sie plötzlich, dass der seltsam geformte Klumpen unter Manfreds Füßen gar kein Stein war. Es war ein viereckiger, weißer Klotz, dessen Seiten sich ein wenig nach innen wölbten. Und dann wusste sie auf einmal, was es war, und sie schluckte hart.

Manfred stand auf einer Zeitbombe, die jeden Augenblick losgehen konnte; der Klotz war ein Leckstein aus Salz, so wie sie im Winter für das Wild in den Wald gelegt wurden. Und Salz war wasserlöslich. Deshalb waren die Seitenwände bereits schmaler geworden. Manfreds Leben hing an einem Brocken Salz, der sich langsam aber sicher in die Düssel verflüchtigte.

Katrin spurtete los.

Sie bemerkte den Schatten neben sich eine Sekunde zu spät. Eine Hand umfasste ihren rechten Knöchel. Sie stolperte und stürzte. Ein stechender Schmerz durchfuhr ihr linkes Knie und ihre Hüften, dort, wo sie auf den Boden geprallt war. Katrin versuchte aufzustehen, aber die Hand an ihrem Knöchel krallte sich erbarmungslos fest.

Sie schrie, schlug und strampelte verzweifelt. Eine

197

zweite Hand presste sich jetzt auf ihren Hinterkopf und drückte sie mit dem Gesicht in den Waldboden. Sie spürte staubtrockenes, kaltes Laub zwischen ihren Lippen. Mit jedem Atemzug drang mehr Erde als Luft in ihre Nase. Sie keuchte verzweifelt.

Dann hörte sie auf, sich zu wehren. Konzentrierte sich. Hielt ganz still, schloss die Augen und sammelte ihre Kräfte. Die Gestalt, die über ihr kauerte, lockerte ihren Griff ein wenig, als Katrin aufhörte, zu zappeln. Katrin drehte sich ganz leicht zur Seite und spannte vorsichtig ihren rechten Arm an.

Sie hörte den schweren Atem dicht an ihrem Ohr, nahm ihre Kraft zusammen. Dann stieß sie mit dem Ellbogen fest nach hinten. Einmal kurz und kräftig. Sie hörte einen unterdrückten Schrei. Der Mann rutschte zur Seite und rollte auf den Waldboden.

Sie war frei. Hastig rappelte sie sich auf und jagte über die Brücke den Waldweg hoch. Der Mann sprang ebenfalls auf. Er war ihr dicht auf den Fersen. Sie stolperte, fing sich wieder und raste weiter. Der Hang wurde uneben und steinig. Dann kam eine kleine Holzbrücke. Ihre Schritte hallten unnatürlich laut durch den Wald, während sie hinüberhechtete.

Sie raste weiter. Hinter sich hörte sie die Schritte ihres Verfolgers auf der Holzbrücke. Er war ganz nah. Ihr Atem ging keuchend, und ein Stechen fuhr bei jeder Bewegung durch ihren Brustkorb.

Auf halber Höhe stieß der Pfad auf einen anderen Wanderweg. Aber so weit kam Katrin nicht. Wenige Meter vor dem Abzweig blieb sie unvermittelt stehen und starrte auf einen Baum, dessen schwere Äste sich weit über den Weg erstreckten.

An einem dieser Äste hing ein Mann. Sein Körper war schlaff und leblos, die Augen starr, und die Zunge hing schief in seinem Mundwinkel.

Katrins Blick haftete wie gebannt auf dem Toten. Fassungslos sah sie ihn an. Ihr Herz raste. Es war der Mann, den sie hinter sich auf dem Waldweg vermutete hatte.

Es war Kai Rutkowski.

25

Erna Fassbender stieg bedächtig die Stufen hoch. Jeder Schritt kostete sie eine ungeheure Anstrengung, nicht nur, weil sie achtundsiebzig Jahre alt war, sondern auch, weil sie eine schwere Aufgabe vor sich hatte. Familie Rutkowski wohnte in der dritten Etage. Erna musste lange klingeln, bis Angelika ihr schließlich die Tür öffnete. Sie hielt ein halbvolles Glas mit einer durchsichtigen Flüssigkeit in der Hand und ihre Augen waren glasig. Erna seufzte.

»Angelika, ich muss mit dir reden«, sagte sie, noch leicht außer Atem von dem mühsamen Aufstieg.

Angelika runzelte verständnislos die Stirn.

»Es geht im Kai. Und um Martin.«

Angelika stieß einen unwilligen Laut aus und nahm einen Schluck aus dem Glas, das sie mit unsicherer Hand umklammerte. »Ich verstehe nicht«, antwortete sie mit schwerer Zunge. »Aber komm doch rein, Erna.« Sie trat zurück, um ihre Nachbarin hereinzulassen. »Auch einen?« Sie schwenkte das Glas.

Erna folgte Angelika ins Wohnzimmer. Die Luft in der Wohnung war stickig und die Räume sahen verwahrlost aus. Auf dem Wohnzimmertisch standen unzählige benutzte Gläser, daneben eine leere und eine halbvolle Flasche mit billigem Schnaps. Neben der Couch ächzte ein Bügelbrett unter der Last der Wäschestücke, die sich in heillosem Durcheinander darauf türmten. Erna schob zwei Zeitschriften zur Seite und setzte sich. Angelika goss Schnaps in eins der benutzten Gläser und stellte es Erna hin. Dann ließ sie sich schwerfällig in den Sessel fallen. »Ich kann nicht mehr. Ich bin so kaputt«, stöhnte sie und griff nach der Flasche. Erna hielt ihren Arm fest. »Lass das und hör mir zu, bitte.«

Angelika starrte sie empört an. »Was soll das? Was ist denn los mit dir, Erna?«

»Ich muss mit dir über deine Kinder sprechen, Angelika. Bitte versuch, mir zuzuhören.«

Angelika ließ den Arm sinken. Sie fiel in sich zusammen. Erna griff nach ihrer Hand. »Ich muss dir etwas erzählen. Ich hätte es schon vor Jahren tun sollen, aber ich hatte nicht den Mut. Es geht um Martin. Sein Tod war kein Unfall, zumindest nicht so, wie alle geglaubt haben.« Sie sah Angelika in die Augen, aber die starrte sie nur verständnislos an. Also fuhr sie fort. »Die anderen Kinder haben ihn getötet. Sie haben ihn in diesen Kühlschrank eingesperrt. Sie haben nicht gewusst, was sie tun. Sie hatten keine Ahnung, wie gefährlich das ist. Sie wollten ihn nicht töten. Es war ein dummes, folgenschweres Spiel. Ich habe nie jemandem davon erzählt. Es hätte ja keinem genützt; es hätte Martin nicht wieder lebendig gemacht.« Erna seufzte. »Ich dachte, ich hätte das Richtige getan, aber jetzt bin ich nicht mehr so sicher. Ich glaube, Kai hat die Wahrheit irgendwie herausgefunden, und jetzt bringt er die anderen der Reihe nach um. Ich fürchte, wir müssen die Polizei einschalten.«

Sie sah Angelika erwartungsvoll an, aber sie konnte ihren Gesichtsausdruck nicht deuten. »Angelika, hast du gehört, was ich gesagt habe?«

Angelika streckte ihre Hand nach der Flasche aus. »Wusstest du, dass ich einmal zwei kleine Jungen hatte?«, fragte sie. »Kai und Martin. Martin ist gestorben, als er sieben war. Sie haben ihn mir einfach weggenommen.« Sie brach in Tränen aus. Doch sie fasste sich rasch wieder. Mit einer unbeholfenen Handbewegung wischte sie sich über das Gesicht und griff erneut nach der Schnapsflasche. Zehn Minuten später stieg Erna die Treppe wieder hinunter in die Stille ihrer eigenen Wohnung. Sie rief nicht die Polizei an.

Katrins Gedanken überschlugen sich.

Wenn das hier Kai Rutkowski war, wer hatte sie dann bei der Brücke angegriffen?

Sie horchte atemlos. Doch die Schritte hinter ihr waren verstummt. Ihr Verfolger war gleichfalls stehen geblieben.

Langsam, ganz langsam, drehte sie sich um. Auf dem Waldweg hinter ihr stand Hansi Meister. Er hielt die Hände leicht erhoben, so als wolle er etwas abwehren, und starrte stumm in Katrins Richtung.

Eine Mischung aus Angst und Wut stieg in Katrin auf, Angst vor dem, was jetzt passieren würde, was er jetzt mit ihr tun würde, und Wut darüber, dass sie so blöd gewesen war, ihn laufen zu lassen. Warum war sie nicht misstrauisch geworden, als er sich dagegen gesträubt hatte, dass Katrin und Roberta ihn aufs Präsidium begleiteten? Wie hatte sie nur so dumm sein können?

Jetzt war sie allein im Wald mit einem Mann der bereits vier Menschen getötet hatte. Fünf Menschen, wenn man Manfred mitzählte, dessen rettende Insel sich langsam in Nichts auflöste. Sechs, wenn man den kleinen Martin mitzählte.

Hansi machte jetzt einen Schritt auf sie zu.

Katrin starrte ihn an. Sie wollte weiterrennen, aber ihre Beine schienen am Boden festgewachsen zu sein. Hansi kam näher.

»Katrin, ich wollte –«

Er brach unvermittelt ab, als plötzlich ein ohrenbetäubender Knall durch den stillen Wald hallte. Sein Gesichtsausdruck verzog sich zu einem ungläubigen Staunen und er presste die Hände auf den Bauch. Dann sank er langsam in die Knie. Er öffnete noch einmal den Mund, so als wolle er noch etwas sagen. Aber kein Laut drang aus seiner Kehle. Sein Körper verharrte sekundenlang reglos, bevor er kopfüber auf den Waldboden sackte.

Katrin fuhr herum. Sie hatte jetzt völlig die Orientierung verloren. Dann lächelte sie erleichtert.

»Thomas. Ich bin so froh –«

Sie stockte.

Thomas Heinrich hatte die Waffe nicht gesenkt, sondern richtete sie jetzt auf Katrin. »Du hättest nicht vor ihm wegrennen sollen. Er wollte dich warnen.«

Und mit einem Mal begriff sie.

»Du hast sie alle umgebracht.« Ihr Tonfall war fragend, aber sie erwartete keine Antwort. »Du hast

203

Andreas Schäfer umgebracht, und Erik Stein und –«

Katrins Gedanken überstürzten sich.

»Es ist wegen Claudia. Stimmt's?«

Thomas Heinrich antwortete nicht. Stattdessen fuhr er mit der linken Hand in seine Manteltasche und beförderte ein kleines Diktiergerät hervor. Schweigend hielt er es in Katrins Richtung und drückte einen Knopf. Sekundenlang war nichts zu hören, bis auf ein schwaches Rauschen und Knistern. Dann sprach plötzlich jemand.

»Es tut mir so entsetzlich Leid, Kai.« Katrin schauderte, als sie Claudia Heinrichs Stimme erkannte. »Ich weiß, wir hätten es dir damals erzählen sollen. Aber wir waren zu feige. Wir waren froh, dass niemand jemals an der Unfallgeschichte zweifelte. Niemand außer Oma Erna auf jeden Fall. Ich hatte immer das Gefühl, dass sie ahnte, was wirklich in dem Keller geschehen ist. Ich glaube, sie hat sich deshalb so liebevoll um dich gekümmert. Sie hat uns Kinder nicht verraten, weil sie wusste, dass wir nichts Böses gewollt haben, weil ihr klar war, dass es trotz allem ein tragischer Unfall war. Aber sie fühlte sich dir gegenüber schuldig, Kai. Denn du hast dir Vorwürfe gemacht, die vollkommen ungerechtfertigt waren. Sie konnte nicht dich und uns gleichzeitig schützen.«

»Du bist wohl vollkommen durchgeknallt!« Jetzt sprach ein Mann, den Katrin nicht kannte. »Was soll der Scheiß? Sie spinnt, sie hat Wahnvorstellungen. Glaub ihr kein Wort.«

»Ich spinne überhaupt nicht.«

»Claudia war in der Klapse, Kai. Nur damit du Bescheid weißt. Sie ist nicht ganz dicht.« Die Stimme klang kalt, aber man konnte die mühsam unterdrückte Panik heraushören.

»Ich war wegen schwerer Depressionen in Behandlung. Ich bin nicht verrückt.« Claudias Stimme klang bemüht ruhig. »Kai, sag doch was. Warum starrst du mich so an?«

»Der ist sprachlos. Ist doch klar. Soviel Schwachsinn kann einem die Sprache verschlagen. Ich möchte wissen, wie du auf dieses dämliche Märchen gekommen bist. Du willst dich wohl wichtig tun, du blöde Ziege.«

»Mich würde viel eher interessieren, was das Ganze hier soll«, meldete sich jetzt eine weitere Person zu Wort. »Was hast du als nächstes vor? Zur Polizei rennen? Oder zu Angelika? Kais Mama ist bestimmt ganz scharf darauf, deine Geschichte zu hören. Der gibst du damit garantiert den Rest. Die hat doch nun wirklich genug mitgemacht.«

»Ich will, dass alle die Wahrheit erfahren. Bitte versteht doch.« Claudia sprach jetzt sehr leise, aber mit fester Stimme. »Es wäre für uns alle das Beste. Keiner von uns lebt wirklich glücklich mit dieser Lüge. Macht was ihr wollt, aber ich werde endlich reinen Tisch machen, und nichts auf der Welt wird mich davon abhalten.«

Dann fuhr plötzlich die erste Stimme wieder dazwischen. »Das werden wir ja sehen, ob wir dich nicht davon abhalten können! Ich lass mir nicht mein Leben von dir versauen.«

Es ertönten Geräusche, ein Poltern, ein Aufschrei.
»Erik! Andy! Seid ihr wahnsinnig?!«

Thomas Heinrich schaltete das Diktiergerät ab.

»Sie haben sie umgebracht. Sie haben sie eiskalt
erstickt, diese Schweine. Nur, weil sie diese Schuld nicht
mehr mit sich herumschleppen wollte. Dabei hätte das
gar keine Konsequenzen für sie gehabt. Das Ganze ist
fast dreißig Jahre her, und sie waren alle noch Kinder.«

Thomas Heinrichs Stimme zitterte vor Empörung
und Schmerz.

»Claudia war schwanger. Ich glaube, es war ein schwerer Schock für sie, aber sie wollte das Kind. Sie wollte sich
von den Dämonen ihrer Kindheit befreien, und endlich
anfangen zu leben. Aber diese Schweine haben sie einfach
so ausgelöscht, weil sie ihnen ihr schön sortiertes Leben
durcheinander brachte. Mörder. Feiglinge.«

Thomas Heinrich atmete schwer. Er verstaute das
kleine Gerät wieder in seiner Manteltasche. Dann sprach
er weiter.

»Diese Idioten haben gar nicht gemerkt, dass Claudia ihr Gespräch aufgezeichnet hat. Ich bin früher von
meiner Lesereise zurückgekommen. Claudia hatte mir
die gute Nachricht auf die Mailbox gesprochen: ›Thomas, wir bekommen ein Baby. Ich freue mich so. Bitte
komm schnell nach Hause.‹ Da bin ich sofort losgefah-
ren. Aber als ich ankam, war sie tot. Ich habe das Band
gefunden und mir den Rest zusammengereimt. Diese
Schweine. Diese dreckigen Schweine.«

Wieder brach Thomas Heinrich ab. Die Pistole in seiner Hand zitterte gefährlich.

Katrin fand endlich die Sprache wieder. Sie musste ihn am Reden halten. Solange er redete, schoss er nicht. »Warum hast du das Band nicht der Polizei übergeben?«

Heinrich lachte höhnisch. »Tötung im Affekt?! Weißt du, was es dafür gibt?« Seine Stimme hatte jetzt einen bitteren, kalten Tonfall angenommen, der Katrin wie ein Eisregen durch die Glieder fuhr. »Nein. Die Burschen sollten genau die Strafe kriegen, die sie verdienten. Sie sollten alle vier genau den Preis bezahlen, den Claudia bezahlt hatte. Nicht nur ein paar lächerliche Jahre im Knast. Nein. Sie sollten genauso jämmerlich ersticken wie sie es musste. Ich wollte, dass sie spüren, wie das ist.«

Er machte eine Pause und fixierte Katrin scharf.

»Leider bist du mir dazwischen gekommen. Du und dieser Pressefuzzi.«

26

Katrin schluckte. Sie suchte nach Worten. »Ich verstehe noch immer nicht ganz, was passiert ist. Waren sie denn alle vier dabei? Warum hat Claudia das Ganze überhaupt aufgezeichnet?«

»Es war für mich, glaube ich.« Thomas Heinrichs Stimme klang auf einmal müde. »Sie hatte wohl nicht die Kraft, mir die Geschichte von damals selbst zu erzählen. Also wollte sie es auf diese Art tun.«

Er starrte auf den Boden.

»All die Jahre habe ich versucht herauszufinden, was mit ihr los war. All die Jahre habe ich mitgelitten ohne zu wissen, ohne zu ahnen ... Und jetzt, wo es zu spät ist ...«

»Aber wie hast du das gemacht? Du warst doch gar nicht in Düsseldorf. Du hattest doch Lesungen.«

»Ich bin doch nicht blöd, Katrin«, die Müdigkeit in seiner Stimme war jetzt einer Art Arroganz gewichen, einer unheimlichen Überheblichkeit. »Ich habe aus meinem Buch gelesen, als Claudia ermordet wurde. Sie muss kurz bevor die anderen vier bei ihr eingetroffen sind versucht haben, mich zu erreichen. Aber ich hatte natürlich während der Lesung das Handy ausgeschaltet. Also hat sie mir auf die Mailbox gesprochen. Nach der Lesung war ich noch mit dem Buchhändler essen.

Ich hatte mein Telefon nicht gleich wieder eingeschaltet. Als ich es dann abhörte, habe ich natürlich gleich angerufen. Aber Claudia ging nicht ran. Zu dem Zeitpunkt war sie schon tot. Ich bin nach Hause gerast, von Hannover aus, mitten in der Nacht. Ich hab sie gefunden. Sie lag auf ihrem Bett. Sie haben sie wohl, nachdem sie tot war, dorthin getragen, denn es musste ja wie Selbstmord aussehen. Und dann habe ich das Band entdeckt. Ich habe es abgehört. Einmal, zweimal, fünfmal. Ich weiß nicht wie oft. Ich habe versucht zu begreifen, warum sie sterben musste. Aber ich habe es nicht verstanden. Ich hab fünf Stunden lang auf der Bettkante neben ihr gesessen und geheult. Und ich habe es immer noch nicht verstanden. Schließlich habe ich beschlossen, die Vergeltung für dieses Verbrechen selbst in die Hand zu nehmen.«

Er schwieg einen Augenblick. Seine Augen schimmerten feucht. Dann fuhr er fort.

»Offiziell habe ich ganz einfach meine Lesereise fortgesetzt. Niemand wusste, dass ich zwischendurch zu Hause war. Ich hab jeden Abend aus diesem Scheißbuch vorgelesen, habe dämliche Fragen beantwortet, bin mit Buchhändlern ausgegangen und in den Hotels abgestiegen, die sie für mich gebucht hatten. Aber währenddessen habe ich heimlich Ermittlungen angestellt. Andreas Schäfer habe ich zuerst ausfindig gemacht. Es war am Tag meiner letzten Lesung, am Mittwoch, dem siebten September. Die war ausnahmsweise schon nachmittags, vor angehenden Anwälten in Mainz. Ich habe im Hotel eingecheckt, bin nach Düsseldorf gefahren, habe Schäfer einen kurzen Besuch in der Brauerei abgestattet und bin wieder zurück. Am nächsten Morgen bin ich offiziell nach Hause gefahren und habe meine Frau gefunden. Bevor ich die Polizei anrief, habe ich ihr erzählt, dass der Erste ihrer Mörder bereits seine gerechte Strafe erhalten hat. Das war ich ihr schuldig.«

Während seiner letzten Worte hatte Thomas Heinrich die Waffe gesenkt. Jetzt starrte er gedankenverloren auf den Waldboden. Katrin suchte verzweifelt nach Worten.

»Aber wie hast du das gemacht? Wie hast du geschafft, dass es wie ein Unfall aussah?«

Heinrich hob den Kopf, und in seinen Augen blitzte wieder diese arrogante Überlegenheit.

»Das war ein Kinderspiel«, erklärte er, »ich habe gewartet, bis der Scheißkerl in seinen Bottich runtergeklettert ist, dann bin ich reingegangen und hab den Absaugventilator abgestellt, und dieses Warngerät an der Wand auch. War ganz einfach. Der Zufall kam mir ein wenig zu Hilfe. Sein Handy lag auf dem Boden. Er hatte es offensichtlich dort abgelegt, weil er es nicht mit in den Gärbottich nehmen wollte. Vielleicht sollte es beim Putzen nicht nass werden. Ich hab's mit dem Fuß aus dem Gärkeller getreten, in irgendeine Ecke in dem Vorraum. Sonst hätte er womöglich Hilfe herbeigerufen. Und danach hab ich ganz einfach vor der Tür gewartet. Ich hatte keine Ahnung, wie lang es dauern würde. Ich hatte eigentlich damit gerechnet, dass dieser Schweinehund es noch die Leiter raufschafft und ich vielleicht mit Gewalt die Tür zudrücken muss, aber soweit ist es gar nicht gekommen. Ich hab 'ne halbe Ewigkeit gewartet. Irgendwann hab ich dann nachgeguckt. Da lag er am Boden, ein wenig blau im Gesicht. Ich hab schnell den Absaughahn wieder aufgedreht und bin raus. Dieses Alarmding an seinem Gürtel hat die ganze Zeit wie wild gepiepst, aber das hat niemand sonst gehört. Ich hab die Tür weit aufstehen lassen, damit das schneller geht mit dem Luftaustausch. Ich musste ja das Alarmgerät an der Wand wieder einschalten. Ich glaube, es war weit nach Mitternacht, als ich gewagt habe, es anzustellen. Ich hatte echt Glück. Ein paar Mal ist jemand in der Nähe vorbeigekommen, um ein volles Fass zu holen, aber niemand hat mich bemerkt.«

Heinrich starrte gedankenverloren in die Ferne. »War schon ein komisches Gefühl, zu sehen, wie er so dalag. Ein Schock, irgendwie. Du denkst, der liegt da so und ist tot, und es ist deinetwegen. Und dann bricht irgendwie ein Damm. Dann gibt es kein Tabu mehr. Der erste Mord ist hart. Aber danach wird es immer einfacher. Merkwürdig, nicht?«

Thomas Heinrich strich sich gedankenverloren mit der Hand über den Kopf. Katrin hoffte, er würde endlich die Waffe weglegen.

Doch plötzlich fasste er sich.

»Es tut mir Leid, Katrin, dass du da mit reingeraten bist. Aber jetzt gibt es kein Zurück mehr. Ich muss die Sache zu Ende bringen. Die Polizei wird euch finden. Der Fall ist eindeutig. Kai Rutkowski hat euch alle umgebracht, seinen Freund Hansi, diesen Zeitungstyp hier -«, er deutet auf die Leiche von Kai Rutkowski, und Katrin erkannte in einer heißen Schrecksekunde, dass Manfred noch lebte, weil Thomas Heinrich ihn aus unerfindlichen Gründen für Kai hielt. Thomas wollte Kai Rutkowski die Morde anhängen, und deshalb musste er natürlich als letzter sterben.

»– und dich.« Thomas Heinrich richtete die Waffe auf Katrin. »Und nachdem er alle umgelegt hat, hat er seinem eigenen erbärmlichen Dasein ein Ende bereitet. Niemand wird auch nur im Entferntesten denken, dass ich etwas damit zu tun haben könnte.«

Heinrich machte eine abrupte Bewegung. Katrin warf sich auf den Boden und rollte zur Seite. In letzter Sekunde hatte sie gesehen, wie der Griff, mit dem er die Pistole umklammerte, fester wurde und sein Blick sich entschlossen auf sie heftete. Der Schuss traf sie nicht, sondern schlug in einen Baum hinter ihr.

Sie rutschte die Böschung hinunter. Ihr Gesicht schabte über einen Felsbrocken und ihre Wange brannte höllisch. Thomas Heinrich stürzte hinter ihr her. In großen, hastigen Sprüngen eilte er den Hang hinunter. Katrin kroch auf allen Vieren weiter Richtung Düssel. Es war mittlerweile fast völlig dunkel und sie gab kein gut erkennbares Ziel ab.

Vielleicht schaffte sie es, durch den Bach zu laufen und ans andere Ufer zu gelangen. Dann konnte sie auf die Landstraße rennen und Hilfe holen. Sie kroch hastig weiter. Die Straße war ganz nah. Sie konnte vereinzelte Autos vorbeifahren hören. Wenn sie sich aufrichtete, könnte sie vermutlich sogar das zuckende Licht der Scheinwerfer sehen.

Katrin erreichte den Bach, richtete sich auf und raste los. Das Wasser war nur knöcheltief, aber der Untergrund war steinig und glitschig. Sie kam bis zur Mitte der Düssel, dann erwischte er sie. Er sprang auf ihren Rücken und warf sie zu Boden.

Sekundenlang befand sich ihr Gesicht unter Wasser, dann riss sie den Kopf hoch und schnappte japsend nach Luft. Er drehte sie auf den Rücken. Jetzt kniete er über ihr, seine Schienbeine drückten in ihren Bauch und seine linke Hand umfasste ihren Hals.

Sie keuchte und würgte. Er hielt die Waffe direkt an ihre Schläfe. Der Lauf war noch heiß und brannte in ihr Fleisch.

Einen Augenblick lang verharrten beide reglos. Thomas Heinrich starrte sie an, Katrin erwiderte gelähmt vor Angst seinen Blick.

Dann begriff sie. Er konnte sie nicht töten. Nicht, wenn er ihr dabei in die Augen sehen musste. Er schaffte es nicht. Er hatte sie als kleines Mädchen auf seinen Knien gewiegt und ihr Geschichten erzählt. Sie war das Nächste an einem eigenen Kind, das er je gehabt hatte. Er konnte sie nicht töten.

Sie tastete mit steifen Fingern im Flussbett herum, bis ihre Hände einen dicken Stein umfassten.

Thomas Heinrich starrte sie immer noch an. Es war, als wäre für sie beide die Zeit stehen geblieben. Um sie herum lebte der Wald, floss die Düssel, aber sie sahen sich gegenseitig in die Augen, reglos, wie versteinert.

Katrin bewegte ihre Hand wie in Zeitlupe. Sie umklammerte den Stein, sammelte ihre letzten Kraft-

213

reserven und schleuderte ihren Arm so fest sie konnte in seine Richtung.

Sie traf Heinrich an der Schläfe. Er glotzte sie verwundert an, so wie Hansi ihn Minuten zuvor angesehen hatte, als der Schuss ihn traf, dann sank er über ihr zusammen.

Katrin schob den schweren Körper von sich herunter. Benommen richtete sie sich auf. Ihre Beine zitterten vor Kälte und Erschöpfung. Ihr Gesicht brannte. Sie blickte in Richtung Brücke. Schemenhaft erkannte sie Manfred. Er stand immer noch reglos und verkrampft auf dem Salzstein, der im Dämmerlicht hell schimmerte und in der Mitte jetzt gefährlich dünn war. Sie hechtete durch das Wasser und krabbelte die steile Böschung hoch. Sie wollte ihm etwas Beruhigendes zurufen, aber ihre Stimme versagte.

Gerade als sie den Weg erreichte, machte Manfred eine abrupte Bewegung und das Seil straffte sich. Der Salzstein war weggebrochen. Er stand noch immer auf der unteren Hälfte, aber sein Atem ging röchelnd. Der Strang schnürte ihm die Luft ab. Katrin hastete auf die Brücke. Sie kniete sich auf den Boden und begann, mit klammen Fingern an dem Knoten zu fummeln. Ihre Hände bebten und waren steif vor Kälte und Angst. Der Knoten hatte sich durch Manfreds Körpergewicht noch fester zugezogen und sie fingerte verzweifelt daran herum. Hätte sie doch nur ein Taschenmesser dabei!

Panisch sah sie sich um. Ein Stück weiter flussabwärts lag Thomas reglos im seichten Wasser. Ob er etwas dabei hatte, womit man das Seil durch trennen konnte? Die

214

Pistole vielleicht? Sollte sie es durchschießen? Katrin überlegte fieberhaft, während sie mit ihren Fingern weiterhin verzweifelt an dem Knoten zerrte. Sie verwarf die Idee mit der Pistole. Wer weiß, ob die überhaupt noch funktionierte, wenn sie im Wasser gelegen hatte. Außerdem hatte sie nicht die geringste Ahnung, wie man so ein Ding benutzte. Ihr Blick irrte in Richtung Landstraße. War Zeit genug, Hilfe zu holen? Wer würde anhalten, wenn ihm im Dunkeln jemand vor den Wagen sprang, und wie lange würde es dauern, bis der fremde Autofahrer begriffen hatte, um was es ging? Das Seil ruckte. Manfred hing jetzt schräg. Der letzte Brocken des Salzsteins würde nicht mehr lange halten.

Plötzlich sprang Katrin auf. Sie hatte eine Idee. Hoffentlich war es noch nicht zu spät. Sie hastete zu ihrem eigenen Wagen und riss die Kofferraumklappe hoch. Die Innenbeleuchtung funktionierte nicht, und sie tastete mit steifgefrorenen Fingern den Boden ab. Endlich, nachdem sie schon glaubte, sie würde es nie mehr finden, stieß sie auf das, was sie suchte; den Verbandskasten. Er war in Folie verschweißt. Sie hatte ihn noch nie gebraucht. Ungeduldig riss Katrin an der Folie. Dann schüttete sie den Inhalt des Kastens einfach in den Kofferraum. Diesmal fand sie sofort, was sie suchte. Die Schere in der Hand, hechtete sie zur Brücke zurück. Erleichtert atmete sie durch, als sie sah, dass Manfred immer noch schief stand. Sie kniete sich neben das Geländer und begann, mit der geöffneten Schere das Seil zu bearbeiten. Es dauerte unendlich lange. Der Strang war dick und die Schere sehr klein. Aber schließlich sprangen die ersten Fasern auseinander. Katrin säbelte hastig weiter.

Und dann ging alles sehr schnell. Das Seil riss plötzlich. Manfred wankte sekundenlang und plumpste dann hilflos kopfüber ins Wasser. Katrin ließ die Schere fallen, rannte von der Brücke, kraxelte die Böschung runter und watete durch das Wasser zu ihm. Hastig riss sie ihm den Knebel vom Mund, dann löste sie die Augenbinde. Einen Moment lang lagen sie nebeneinander im flachen, eiskalten Wasser. Manfred war noch immer gefesselt, und um seinen Hals hing die Schlinge, die ihn beinahe getötet hätte. Seine Stirn blutete. Er röchelte und japste. Katrin keuchte atemlos. Schließlich grinste Manfred.

»Ich dachte schon, du würdest überhaupt nicht mehr kommen.«

Seine Stimme war nicht mehr als ein heiseres Krächzen.

Katrin grinste erleichtert zurück.

»Sorry, ich wurde ein bisschen aufgehalten.«

216

27

Hauptkommissar Klaus Halverstett vergrub die Fäuste in den Taschen seines langen Wintermantels, den er heute zum ersten Mal trug. Er fröstelte. Ein schwacher Wind strich durch die Baumkronen. Kaum zu glauben, aber innerhalb einer knappen Woche war die Temperatur um fast zwanzig Grad gefallen. Er stand auf halber Höhe auf dem kleinen Wanderweg im Wald, ein wenig abseits des Treibens, und musterte mit starrem Blick die Spielstätte seiner Kindheit. Ein Stück unter ihm war eine Anzahl Beamter mit den üblichen Routineaufgaben beschäftigt. Sie sperrten das Gelände weiträumig ab und versuchten in der Dunkelheit Spuren zu sichern.

Weiter hinten auf dem kleinen Waldparkplatz saß Thomas Heinrich in einem Polizeiwagen und starrte mit leerem Blick auf die Landstraße. Seine Hände waren mit Handschellen auf dem Rücken gefesselt, eine Decke lag über seinen Schultern, und ein Polizist saß abwartend neben ihm. Auf seiner linken Stirnseite klebte ein dickes Pflaster. Katrins Schlag mit dem Stein hatte ihn nur leicht verletzt, und die Stelle in der Düssel war sehr seicht gewesen. Die Polizeibeamten hatten ihn bewusstlos aus dem Wasser gefischt. Jetzt hockte er vollkommen apathisch in dem Auto. Sein Gesicht war grau und wirkte steinalt.

Hans Meister war bereits auf dem Weg ins Krankenhaus. Der Notarzt hatte zwar die Blutung gestoppt, aber es sah nicht gut für ihn aus.

An der Parkplatzausfahrt stand ein zweiter Ambulanzwagen. Katrin und Manfred saßen nebeneinander, in Decken gehüllt auf der Kante der Ladefläche. Rita Schmitt stand bei ihnen.

Halverstett wandte sich ab. Verbitterung machte sich in ihm breit. Das hier war sein Wald. Sein Leben. Seine Erinnerungen. Er wusste, dass es naiv und lächerlich war, so zu denken, aber der Gedanke ließ sich nicht aus seinem Kopf vertreiben. Er war sich bewusst, dass auch hier auf dem Land Verbrechen geschahen, er kannte sogar ein paar konkrete Fälle.

Trotzdem war es diesmal anders. Es war, als wären Gewalt und Mord aus der Stadt geschwappt und in den Wald geflutet, in seinen Wald, sein Zuhause. Halverstett machte ein paar Schritte den Weg entlang. Er versuchte, den lächerlichen Gedanken abzuschütteln. Er wurde alt. Das waren die ersten Anzeichen.

Er war immer davon ausgegangen, dass er, je älter er wurde, immer mehr abstumpfen würde. Aber das Gegenteil war der Fall. Jeder Fall, den er abschloss, legte sich wie eine Bürde auf seine Schultern. Vermutlich lag es daran, dass sein Beruf es mit sich brachte, dass er viel mehr von der Schattenseite dieser Welt sah. Sein Blick auf die Dinge war verzerrt. Jeden Tag wurde er mit Verbrechen konfrontiert, mit Hass, Habgier und Gewalt. Und der Kampf dagegen, den er als junger Mann mit Euphorie geführt hatte, kam ihm jetzt zunehmend lächerlich vor, sinnlos, banal.

218

Halverstett warf einen letzten Blick auf die Spielstätte seiner Kindheit, glaubte für einen Augenblick den kleinen Jungen zu sehen, in kurzen Hosen, ein echtes Schweizer Taschenmesser in der Hand, sein ganzer Stolz. Dann wandte er sich energisch ab und stapfte mit festen Schritten auf die kleine Brücke über die Düssel zu.

Auf halber Strecke stieß er auf den Notarzt, der Kai Rutkowski untersucht hatte, nachdem man ihn vom Baum abgeschnitten hatte. Er kniete noch immer neben der Leiche. Jetzt erhob er sich schwerfällig. Halverstett sprach ihn an.

»Können Sie schon irgendwas sagen?«

Der Arzt nickte. »Es sieht so aus, als sei der Mann bewusstlos gewesen, als er aufgeknüpft wurde. Und sehen Sie mal hier.« Er beugte sich noch einmal hinunter und zog den weinroten Wollpullover hoch, den Rutkowski trug. Auf dem Bauch des Leichnams befanden sich zahlreiche kleine Einstichstellen. »Hypoglykämie, vermute ich.«

Halverstett runzelte die Stirn. »Hypowas?«

»Hypoglykämie. Unterzuckerung. Er hatte vermutlich Diabetes. Daher die Einstiche.« Er hielt einen stiftähnlichen Gegenstand hoch. »Das ist ein Insulin-Pen. Den habe ich in seiner Jackentasche gefunden. So ein Pen wird heutzutage meistens anstelle einer Spritze benutzt, weil er leichter zu handhaben ist.« Der Arzt stand wieder auf. »Der Mann musste regelmäßig Insulin spritzen. Wenn man allerdings nach dem Insulinspritzen nichts isst oder sich sehr stark körperlich anstrengt, kann es passieren, dass Unterzuckerung eintritt. Die Symptome reichen von leichter Konzentrationsschwäche bis hin zu Krampfanfällen und Bewusstlosigkeit. Natürlich kann ich noch nichts Genaues sagen, aber es sieht sehr danach aus, als wäre genau das passiert. Das würde übrigens auch erklären, warum er sich offensichtlich gar nicht gewehrt hat.«

»Das würde vor allem auch erklären, wie dieser Heinrich drei Männer gleichzeitig in Schach halten konnten. Das hat mir nämlich ein wenig Kopfzerbrechen bereitet«, ergänzte Halverstett. »Aber wenn einer der Männer bereits bewusstlos war, war es natürlich weniger schwierig. Ich danke Ihnen.« Der Kommissar klopfte dem Arzt auf die Schulter und setzte seinen Weg Richtung Brücke fort.

Ein Auto rollte auf den engen Parkplatz, als Halverstett dort ankam. Er erkannte, dass es Fischers schwarzer BMW war. Der Staatsanwalt stieg aus und grüßte Halverstett mit einer Handbewegung.

»Schöne Scheiße«, murmelte er dann und blickte sich um.

Der Leichnam von Kai Rutkowski wurde gerade vorbeigetragen. »Sieht so aus, als hätten wir morgen früh wieder 'ne Autopsie zusammen.«

Fischer starrte eine Weile auf das Treiben um ihn her. Dann sah er Halverstett fragend an. »Wissen Sie eigentlich, ob die verheiratet ist?«

Der Kommissar runzelte fragend die Stirn, dann begriff er.

»Ach, diese Ärztin, Lahnstein, meinen Sie. Keine Ahnung.«

220

Er zuckte die Schultern und lächelte. Wenigstens einer, der sich auf den morgigen Arbeitstag freute. Wenn man genau hinsah, gab es auch in den dunkelsten Ecken immer noch ein wenig Licht.

Katrin nippte an dem heißen, süßen Tee, den Manfred gekocht hatte, und lehnte sich im Schaukelstuhl zurück. Sie trug eine ausgeleierte, blaue Jogginghose und dicke Wollsocken. Rupert hatte sich auf ihrem Schoß zusammengerollt und schnurrte geräuschvoll.

Manfred stand mit dem Rücken zu ihr am Fenster, starrte hinunter auf die vom Licht der Straßenlaternen schwach beleuchtete Karolingerstraße und beobachtete, wie eine ältere Dame umständlich aus einem Taxi stieg.

Einen Augenblick lang hingen beide ihren Gedanken nach, und in der Wohnung herrschte absolute Stille, die nur von Ruperts lautem Schnurren durchbrochen wurde.

»Hast du im Krankenhaus angerufen? Wie geht es Hansi?«, fragte Katrin schließlich.

»Sie können noch nichts Genaues sagen.« Manfred musterte immer noch konzentriert die Straße, zwischen deren rechter und linker Fahrbahn gemächlich die Düssel floss, gerahmt von hohen, alten Platanen, und offensichtlich vollkommen ungerührt angesichts der dramatischen Ereignisse, die sich ein paar Stunden zuvor nur wenige Kilometer flussaufwärts an ihrem Ufer ereignet hatten. »Er hat verdammt viel Blut verloren. Aber es sieht so aus, als würde er durchkommen.«

»Ich begreife das alles immer noch nicht.« Katrin umfasste die heiße Tasse mit beiden Händen. »Ich kenne Thomas seit meiner Kindheit. Wie kann ein Mensch nur so außer Kontrolle geraten?«

Manfred drehte sich um und sah sie an. »Sie haben seine Frau umgebracht. Jahrelang musste er tatenlos mit ansehen, wie sie sich gequält hat, wie sie gelitten hat, wegen irgendetwas, wovon er keine Ahnung hatte. Und als sie endlich soweit war, reinen Tisch zu machen, ihm alles zu erzählen, die Sache hinter sich zu lassen, da kommen diese Typen und bringen sie um. Ich kann schon verstehen, dass er rot gesehen hat.«

Katrin schaukelte gedankenverloren mit dem Stuhl hin und her. Dann fiel ihr etwas ein.

»Wieso hat er dich eigentlich für Kai Rutkowski gehalten?«

Manfred lachte bitter. »Das hat sich Rutkowski selbst eingebrockt. Der arme Kerl. Eigentlich war er immer nur das Opfer. Er war in den Schuppen gekommen, in den er mich eingesperrt hatte. Keine Ahnung, was er vorhatte. Plötzlich stand dieser Mann hinter ihm, 'ne Knarre in der Hand. Er kam mir gleich bekannt vor, aber ich wusste nicht, wo ich ihn hinstecken sollte. Den Bericht über Claudia Heinrichs Selbstmord hat eine Kollegin geschrieben. Ich hatte zwar Fotos von Heinrich gesehen, aber in dem Augenblick war mir nicht klar, woher ich ihn kannte. Heinrich hat nicht lange herumerklärt. Er hielt Rutkowksi die Pistole unter die Nase und hat sich erst mal dessen Waffe aushändigen lassen. Dann wollte er wissen, wer von uns Kai Rut-

222

kowski sei. Ich glaube, Rutkowski wusste genau, mit wem er es zu tun hatte. Er reagierte geistesgegenwärtig und deutet auf mich.«

»Hast du nicht protestiert?«

»Ich war geknebelt. Rutkowski hat sich dann für mich ausgegeben und behauptet, mich gerade überwältigt zu haben. Außerdem hat er gesagt, dass er soeben die Polizei verständigt habe. Vermutlich hat er gedacht, diese Lüge rette ihm das Leben. Aber das Gegenteil war der Fall.«

»Deshalb ist Thomas mit euch in den Wald gefahren. Er dachte, die Polizei würde jeden Augenblick auftauchen«, ergänzte Katrin.

»Genau. Er hat Rutkowski befohlen, mich loszubinden, und dann sollten wir in seinem Wagen einsteigen. Ich musste fahren, während er mit Rutkowski auf der Rückbank saß. Der war plötzlich ganz zitterig. Irgendwann ist er ohnmächtig zur Seite gekippt. Hansi befand sich die ganze Zeit im Kofferraum des Wagens, allerdings habe ich nichts davon bemerkt. Heinrich hat ihn erst rausgeholt, als Rutkowski schon am Baum hing und ich hilflos in der Düssel stand. Hansi muss ihm dann irgendwie entwischt sein. Ich habe keine Ahnung wie, ich konnte ja nichts sehen. Und dann bist du aufgetaucht…«

Katrin strich Rupert gedankenverloren über das Fell.

»Was ich nicht verstehe ist, warum Rutkowski dich überhaupt eingesperrt hat. Er hatte doch mit den Morden nichts zu tun. Ich meine, abgesehen von Claudias

Tod natürlich, da war er dabei. Aber der war doch seines Wissens als Selbstmord zu den Akten gelegt.«

»Auch er hat mich verwechselt. Er hat mich für Thomas Heinrich gehalten, zumindest zu Beginn. Ich habe gar nicht begriffen, wovon er sprach. Er sagte irgendwas von meiner Frau, und dass es ihm Leid täte, dass er die anderen nicht davon abhalten konnte. Aber das sei alles ja wohl kein Grund, so dilettantisch in der Gegend herumzumorden, und er würde sich das nicht gefallen lassen. Mir war schon klar, dass er mich mit jemandem verwechselte, aber ich begriff zu spät mit wem. Als ich ihm dann erzählte, dass ich Journalist bin, war er ganz verwirrt. Ich vermute, er hat mich in den Schuppen gesperrt, weil er meine Behauptung überprüfen wollte. Vielleicht wusste er auch einfach nicht, was er mit mir machen sollte.«

Manfred starrte auf seine Füße hinunter, so als könnten die ihm seine Fragen beantworten. »Was ich nicht ganz begreife, ist die Sache mit dem Anschlag auf sich selbst. Warum hat er den vorgetäuscht?«

»Ich denke, er hatte Thomas schon früh im Verdacht, spätestens zu dem Zeitpunkt, als Erik Stein ermordet wurde. Vielleicht fürchtete er, die Polizei würde ihm nicht glauben. Was war seine Aussage schon gegen die eines angesehenen Anwalts? Als ich ihn anrief und ihm sagte, ich wolle mit ihm über seine alten Freunde sprechen, war ihm klar, dass es um die Morde ging. Er wusste nicht, wie viel ich bereits herausgefunden hatte, aber es war abzusehen, dass ich nicht die einzige bleiben würde und dass die Polizei vielleicht auch schon auf seiner Spur war. Also benutzte er mich als Zeugin für einen misslungenen Anschlag auf sich selbst. So fiel er als Verdächtiger aus und die Polizei musste in eine andere Richtung weiter ermitteln.«

»Ganz schön riskant. Er hätte dabei draufgehen können.«

»Er kannte sich mit dem Ersticken aus wie kein anderer. Ich vermute, er wusste genau, was er tat. Die Polizei hat doch festgestellt, dass nur sehr wenig Sprit im Tank war. Der Motor wäre Minuten später wahrscheinlich von allein ausgegangen. Ich denke, er wusste auf die Sekunde genau, wie lange es dauert, bis er bewusstlos wird und sich nicht mehr selbst retten kann.«

»Trotzdem irre. Der Typ hatte doch nicht mehr alle Tassen im Schrank.«

»Sein jüngerer Bruder ist jämmerlich erstickt, als er noch ein kleiner Junge war. Zeit seines Lebens hat er sich dafür verantwortlich gefühlt, hat er sich eingebildet, es wäre passiert, weil er nicht gut genug auf ihn aufgepasst hat. Ich glaube, so etwas kann einen wahnsinnig machen.« Katrin nahm einen Schluck Tee. »Was für eine verfahrene Geschichte.«

»Und dann ist da noch die Sache mit der Tüte aus dem Kühlschrank. Mann, was hab ich mir darüber den Kopf zerbrochen. Kai Rutkowski war tatsächlich der Einbrecher. Ich habe es ihm auf den Kopf zugesagt, und er hat mir erzählt, wie es dazu kam: Nachdem Andreas in der Brauerei umgekommen war, wollte Kai sich mit den anderen beiden treffen, um zu besprechen, was sie tun sollten. Das Treffen sollte in Eriks Wohnung stattfinden. Hansi ist jedoch nicht gekommen. Er hatte wohl fürchterlichen Schiss, dass einer von den beiden anderen der Mörder sein könnte. Ich glaube, er hatte Kai im Verdacht. So wie wir alle. Na ja, auf jeden Fall sind Erik und Kai sich dann auch nach kurzer Zeit in die Haare geraten, jeder hat den anderen beschuldigt. Hätten sie zusammengehalten und wären zur Polizei gegangen, wären sie vielleicht noch am Leben.«

»Und was war nun in der Tüte?«

»Insulin.«

»Insulin? War Erik zuckerkrank? Warum sollte Kai Eriks Insulin klauen?«

»Nicht Erik, Kai war krank. Ich weiß nicht, warum er die Ampullen an dem Tag dabei hatte. Vielleicht hatte er vor dem Treffen einen Arzttermin. Jedenfalls war es ja so verdammt heiß. Also hat er das Paket vorübergehend in Eriks Kühlschrank gelagert. Als sie sich dann gestritten haben, ist er überstürzt abgehauen und hat es vergessen.«

»War das nicht eine holländische Tüte?«

»Rutkowski hatte jede Menge holländische Plastiktüten bei sich zu Hause. Ich schätze, er ist oft nach Venlo zum Einkaufen gefahren. Vielleicht hatte er immer eine dabei, um seine Einkäufe zu verstauen. Was weiß ich.«

Wieder herrschte minutenlanges Schweigen. Katrin streichelte Rupert, und Manfred fixierte immer noch seine Schuhe. Dann wandte er sich ab und starrte wieder aus dem Fenster.

»Was ist eigentlich mit Roberta und Peter?«, wollte er wissen.

226

»Sie ist wieder zu ihm zurückgegangen. Ich glaube, die beiden kriegen das hin.«

»Und was ist mit den anderen beiden? Katrin und Manfred? Kriegen die das auch wieder hin?« Jetzt drehte er sich um und blickte sie erwartungsvoll an.

»Ich dachte, die Tatsache, dass ich gerade meinen Hals riskiert habe, um dich aus dem Dreck zu holen, wäre Antwort genug auf diese Frage«, antwortete Katrin lächelnd.

»Also nicht mehr sauer?«

»Nur noch ein bisschen. Und selbst?«

»Fast gar nicht mehr.« Manfred grinste sie an. Er trat auf sie zu und hockte sich vor dem Schaukelstuhl auf den Boden.

»Heißt das, ich hätte eine Chance, heute Nacht hier bleiben zu dürfen? Es sieht nach Regen aus und mein Wagen steht noch in Mettmann.«

Er warf einen kurzen Blick auf den Kater auf Katrins Schoß. »Vorausgesetzt, natürlich, Rupert hat nichts dagegen einzuwenden.«

Katrin grinste ebenfalls.

»Ich denke Rupert und ich fänden das ganz in Ordnung«, antwortete sie und strich mit dem Zeigefinger über Manfreds Hals, wo das Seil einen dicken, blauroten Striemen hinterlassen hatte.

»Wir sind, ehrlich gesagt, ziemlich froh, dass wir dich überhaupt noch haben.«

Eine halbe Stunde später setzte der Regen ein, der erste nach fast vier Wochen Trockenheit, aber weder Katrin noch Manfred bemerkten etwas davon. Lediglich Rupert rollte sich auf der Wohnzimmerfensterbank zusammen und beobachtete interessiert, wie die Tropfen gegen das Fenster schlugen und dann langsam an der glatten Scheibe hinunterperlten.

ENDE

Danksagung

Ich danke allen, die direkt oder indirekt zur Entstehung dieses Buchs beigetragen haben.

Mein besonderer Dank gilt Annelie Geier, Bärbel Füger, dem Brauhaus Uerige, Christine Klewe, Frank Klewe, Nina Hawranke, Polizeihauptkommissar Klaus Dönecke und Ralf Klewe.

Weitere Krimis finden Sie auf den folgenden Seiten und im Internet: www.gmeiner-verlag.de

Sabine Klewe
Schwanenlied
978-3-8392-1428-2

»Sabine Klewe schreibt mit leichter Hand, in flüssigen Worten, geht mit uns durchs vertraute Düsseldorf von einem Schauplatz zum anderen.« *Rheinische Post*

Die Fotografin Katrin Sandmann stößt im Elternhaus ihres Lebensgefährten auf einen geheimen Raum – und auf eine Mumie. Wer ist die unbekannte junge Frau und weshalb hat niemand sie vermisst? Was haben die Kinderbücher auf dem Nachttisch in der geheimen Kammer zu bedeuten?

Katrin, die selbst gerade in einer schwierigen Situation steckt, begibt sich auf Spurensuche. Doch irgendjemand scheint ein starkes Interesse daran zu haben, ihre Ermittlungen zu verhindern …

Wir machen's spannend

Sabine Klewe
Blutsonne
978-3-89977-764-2

»Wie auf einem Stadtspaziergang geht es zu Galgen, Guillotinen und anderen Folterinstrumenten – das ist Gruselfaktor pur.«
Westdeutsche Zeitung

Der »Henker von Düsseldorf« versetzt das Rheinland in Angst und Schrecken. Scheinbar willkürlich werden Menschen brutal hingerichtet. Jeder könnte der nächste sein. Auch Amateurdetektivin Katrin Sandmann interessiert sich für den Fall. Sie glaubt nicht, dass die Opfer wahllos ausgesucht wurden, denn sie hat herausgefunden, dass alle Morde an ehemaligen Richtplätzen geschahen …

Wir machen's spannend

Sabine Klewe
Wintermärchen
978-3-89977-713-0

»Ein spannender, kurzweiliger Kriminalroman mit einem Schuss Romantik.«
Radio Neandertal

Ein plötzlicher Wintereinbruch stürzt das Rheinland ins Chaos. Ausgerechnet an diesem Nachmittag gelingt Mario Brindi die Flucht aus der Klinik für Psychiatrie und Psychotherapie in Viersen-Süchteln. Er hat acht Frauen entführt und brutal gequält.

Am gleichen Abend verschwindet die Fotografin Katrin Sandmann spurlos. Hat Brindi sich bereits sein neuntes Opfer gesucht? Die Polizei glaubt nicht an einen Zusammenhang zwischen den beiden Ereignissen. Doch dann entdeckt ein Spaziergänger im Wald die grauenvoll zugerichtete Leiche einer jungen Frau.

Wir machen's spannend

Sabine Klewe
Schattenriss
978-3-89977-617-1

»Diesen Krimi kann man direkt auf dem Stadtplan nachzeichnen.« *Rheinische Post*

Als die Schülerin Tamara Arnold mit aufgeschnittenen Pulsadern auf dem Düsseldorfer Südfriedhof gefunden wird, sieht zunächst alles nach Selbstmord aus. Doch wer ist der Mann, mit dem Tamara kurz vor ihrem Tod zusammen war? Warum ist der Körper des Mädchens mit Striemen und Schnittwunden übersät? Und was hat die Engelsstatue damit zu tun, die auf rätselhafte Weise vom Tatort verschwunden ist?

Die junge Fotografin Katrin Sandmann, durch einen Zufall in die Ereignisse verstrickt, beginnt zu ermitteln und gerät in ein Dickicht aus zerbrochenen Beziehungen, dunklen Geheimnissen und brutaler Gewalt.

Wir machen's spannend

Herbert Beckmann
Hühnerhölle
978-3-8392-1415-2

»Eine Kriminalgeschichte, frisch vom Lande. Hintergründig. Abgründig. Hochaktuell!«

Wilhelm Kock, Besitzer einer Hühnerfarm mit zigtausenden Tieren, liegt erschlagen auf dem Grab seiner ersten Frau. Kommissar Hufeland und Kripo-Azubi Kuczmanik ermitteln in der kleinen westfälischen Gemeinde Vennebeck. Im Grunde hatten alle Dörfler ein Motiv für den Mord, denn ganz Vennebeck stöhnt seit Jahren wegen des Gestanks und der Umweltbelastungen durch die Farm. Jetzt, da Kock tot ist, hoffen alle auf ein Ende der »Hühnerhölle«. Doch die Apokalypse steht Vennebeck erst noch bevor …

Wir machen's spannend

Unsere Lesermagazine
2 x jährlich das Neueste aus der Gmeiner-Bibliothek

Alle Lesermagazine erhalten Sie in Ihrer Buchhandlung oder unter www.gmeiner-verlag.de.

24 x 35 cm, 32 S., farbig; inkl. Büchermagazin »nicht nur« für Frauen

10 x 18 cm, 16 S., farbig

GmeinerNewsletter
Neues aus der Welt der Gmeiner-Romane

Haben Sie schon unsere GmeinerNewsletter abonniert?

Monatlich erhalten Sie per E-Mail aktuelle Informationen aus der Welt der Krimis, der historischen Romane und der Frauenromane: Buchtipps, Berichte über Autoren und ihre Arbeit, Veranstaltungshinweise, neue Literaturseiten im Internet und interessante Neuigkeiten.

Die Anmeldung zu den GmeinerNewslettern ist ganz einfach. Direkt auf der Homepage des Gmeiner-Verlags (www.gmeiner-verlag.de) finden Sie das entsprechende Anmeldeformular.

Ihre Meinung ist gefragt!
Mitmachen und gewinnen

Wir möchten Ihnen mit unseren Romanen immer beste Unterhaltung bieten. Sie können uns dabei unterstützen, indem Sie uns Ihre Meinung zu den Gmeiner-Romanen sagen! Senden Sie eine E-Mail an gewinnspiel@gmeiner-verlag.de und teilen Sie uns mit, welches Buch Sie gelesen haben und wie es Ihnen gefallen hat. Alle Einsendungen nehmen automatisch am großen Jahresgewinnspiel mit attraktiven Buchpreisen teil.

Wir machen's spannend